Sonya
ソーニャ文庫

秘密の取引

富樫聖夜

イースト・プレス

contents

1　準男爵令嬢の秘密

「困ったわ……」

リンゼイ・ベイントンは一通の手紙を前にため息をついた。

その手紙はとある国の出版社から送られてきたもので、「ゴードン・リュー氏」の次作に恋愛物をお願いしたいという内容が書かれていた。

ゴードン・リューは冒険活劇の小説を得意とする、そこそこ人気のある作家だ。世界各国の生き生きとした情景描写が評判とかで、それには商家の生まれである作者が親について諸外国を見て回った経験が活きているという。

それは間違っていない。けれど、正しいというわけでもない。

商家の生まれなのは確か。親と一緒に諸外国を見て回ったのも確か。けれど——。

リンゼイは手紙を手にしたまま、もう一度ため息をついた。

「男女間の恋愛メインの話なんて……。私に書けるとは思えないわ」

ゴードン・リューは男性名。世間でも男性作家だと思われている。けれど本当はそうではない。とどのつまり、その正体はリンゼイなのであった。

彼女の文才に気づいた名づけ親が書くように勧め、今の出版社を紹介してくれたのが始まりだ。ただし、もろもろの事情でリンゼイがゴードン・リューであるということは伏せられている。知っているのは名づけ親と両親、それに出版元の社長くらいなものだ。このことは親友のアデリシア・マーチンにさえ伝えていない、リンゼイの大きな秘密だった。

そして、今回の出版社からの依頼はそのアデリシアが少しばかり関係している。

アデリシアはついこの間、初恋の相手であるジェイラント・スタンレー侯爵と結婚した。その結婚に至るまでにはいろいろ騒動があり、リンゼイもそれに巻き込まれた形となったが、すべては丸く収まり、彼女は幸せな花嫁となった。その幸せに当てられたリンゼイが、ちょうどその頃書いていた話に、つい出来心で恋愛要素を付け加えてしまったのがそもそもの原因だ。

それがそのまま出版されて、思いのほか反響が良かったらしい。それで出版社が今度は恋愛をメインにした話はどうかと提案してきたのだ。新たな分野に挑戦するのはゴードン……いや、リンゼイにとって仕事の幅が広がることになるし、新たな読者層の開拓にもなるだろうと。

けれどリンゼイには恋愛メインで書く自信はなかった。もちろん、恋愛小説を書くのに恋愛経験が必須というわけではない。読者の理想とする恋愛を想像して書けばいいのだ。けれど、まったく恋愛経験のない自分に恋愛中の男女の細やかな心の機微《きび》を描写できるとは思えない。本で得た知識をそらんじても薄っぺらい話ができあがるだけだろう。

「……やっぱり断ろう」

そう決断すると、リンゼイはペンを手に取り、断りの手紙を書き始めた。

リンゼイが隠れて男性名義で小説を発表する理由には、彼女を取り巻く複雑な事情がある。

リンゼイは準男爵家の娘だ。腰までまっすぐ伸びた黒い艶やかな髪と明るい茶色――榛《はしばみ》色の瞳の持ち主で、彼女に好意的な人間によれば「闊達《かったつ》なお嬢さん」「知識が豊富で話していて面白い人」。彼女を気に入らない人間には「お高くとまっている」「小賢しい」「生意気」と称されている。だが、そんな彼女に非好意的な人間も含めて、リンゼイを頭が悪いと言う人間はいない。落ち着いた物腰と歯切れの良いもの言いは、その容貌《ようぼう》と相まって彼女をことのほか聡明に見せるようだ。

『リンゼイは知的な美人なの』

と親友のアデリシアは言う。美人かどうかはともかく、確かにリンゼイのように政治情勢に明るく、他国の関税率をそらで言える貴族の令嬢はいないだろう。だが、それはリンゼイの頭が良いのではなく、彼女の置かれた特殊な環境と教育のおかげにすぎない。

リンゼイの父親は元々は商人で、ベイントン商会という大きな貿易会社を経営していた。

各国にも数多くの支店を持っていて、この国の同盟国の一つに内乱が起きた時も、国の要請を受けて難民や救援物資などを積極的に運び、内乱終結にも大きく貢献した。その功績によって国から爵位を与えられたのだ。

つまり、リンゼイは商人の娘として育ち、ある日いきなり貴族の娘になってしまったのだ。それがつい三年ほど前のことだ。

けれど、父親が与えられた爵位は準男爵——一代限りの貴族だ。一人娘のリンゼイが貴族の位を継ぐことはなく、父親の死とともに爵位は国に返上される。準男爵の娘であっても、彼女自身が貴族であるわけではないのだ。それゆえ貴族からは一員だと認められず、同業者たちからは貴族扱いされて遠巻きにされる。どちらにも所属できない中途半端な立場だった。

そのせいかリンゼイには友人と呼べる存在が極端に少なかった。

けれど彼女は理解のある両親や名づけ親、それに少ないが元商人の娘であっても気にしないで自分を受け入れてくれる友人がいる今の生活に満足していた。公にはできないが、やりがいのある仕事もある。自分を気に入らない相手に無理に迎合《げいごう》することもない。……そんな、誰に媚《こ》びることもしない凛《りん》とした態度が更に反感を買う原因となっているのだが。

リンゼイは出版社へ出す手紙を書き上げると、ベイントン邸をそっと抜け出した。

普通、貴族の令嬢が、いや庶民であっても、ベイントン商会ほど大きな会社の令嬢が、自ら手紙を郵便事務所に届けることはない。使用人に出すように言づければ済む話だ。リンゼイも普通の手紙なら侍女を呼んでいただろう。だがこのゴードンの手紙だけは、他人に任せることはできなかった。屋敷で雇っている使用人のことは信頼しているが、何人もの人を介している間にどこでどう秘密が漏れるか分かったものではないからだ。

屋敷の正門前の馬車道を通り、商店が立ち並ぶ大通りに出ると、リンゼイは慣れた様子で郵便事務所へ足を向けた。

手に籐《とう》の籠《かご》を持ち、シンプルなデザインの水色のワンピースに身を包んだリンゼイは、同じく通りを歩く町娘と何ら変わらない出で立ちだ。だが、遠目からでも分かる気品のある姿勢と、長く艶やかな黒髪に縁《ふち》どられた繊細な顔立ちは、どこにいても人目を――特に、男性の目を引いた。すれ違う男性がリンゼイを振り返る。けれど、リンゼイはそんな視線に気づかずただ一心に前を見つめて足を進めていた。

ふと、とある店の前でリンゼイの足が止まる。

その店は周囲の店とは明らかに趣《おもむき》の違う重厚な雰囲気で、店頭に出している品物はなく、扉も閉ざされていた。だが店が閉まっているわけではなく、扉のガラス越しに見える店内の通路には客らしき人影が見え隠れしている。

次作に使うつもりの資料をここの店主に取り寄せるように頼んでいたことを思い出したリンゼイは、手紙を出す前にそちらの用事を済ませてしまおうと思い、重い扉を押し開け『ロイド書店』と書かれた看板の横を通りすぎて店内に足を踏み入れた。入ったとたん、本屋や図書館特有の書物の香りがリンゼイの鼻腔《びこう》をくすぐった。

うす暗い店内には所狭しと本が並べられている。間口は狭いが奥行きのある店内の壁には天井までびっしりと本棚が積み上げられて、中央に置かれたやや低めの棚が狭い通路を作り上げていた。その通路の向こう側にいた客の視線がリンゼイに注がれる。女の客はめったにこないからだろう。じろじろ見られることなど珍しくないリンゼイは、気にせずに店の奥に向かった。だが、突き当たりのカウンターに座っている店主らしき男の姿を認めた彼女の眉は八の字を描いた。

そこに座っていたのがリンゼイの知っている店主ではなかったからだ。リンゼイの覚えているこの店の主は痩《や》せた初老の男だった。だが、カウンターに座っているのは恰幅《かっぷく》の良い中年男性だ。その男は視線を上げリンゼイの姿を認めると盛大に顔を顰《しか》めた。明らかに女性のリンゼイがここにいることをよく思っていないようだ。

またか……とげんなりしながらも、顔は冷静さを保ったままリンゼイはその男に声をかけようとした。だが、リンゼイが言葉を発する前に男がぞんざいに言った。

「ここは女なんかが来るところじゃない。とっとと帰れ」

シッシッと手を振る。まるで野良猫や犬を追い払うみたいなしぐさにムッとしながらも、リンゼイはその言葉を無視して言った。

「店主はどうしたのですか？」

「ああ？　身体を悪くして引退したんだよ。だから甥《おい》である私が店を継いだのさ」

なるほどとリンゼイは苦々しく思う。以前の店主は酷い腰痛に悩まされていた。きっとそれが悪化したに違いない。店を続けられなくなって、甥とやらに店を譲ったのだろう。だが、店主が替わろうが『ロイド書店』の名を冠している以上、頼んでいた本は彼女に渡す義務があるはずだ。何しろ代金を支払っていて、その証明書まであるのだから。

「前の店主に本の取り寄せを頼んでいたのですが」

「ここには、女に売る本などない」

けんもほろろなその態度に、リンゼイは重いため息をついた。客に物を売る態度ではない。だが、この新店主の対応が特別なことではないのを、リンゼイと友人のアデリシアは嫌というほど知っていた。この国では本は男が読むものだという男尊女卑の風潮が未だに残っているのだ。

リンゼイが男名を使って本を書く一番の理由もそれだった。

本は未だ高価なもので、庶民が気軽に買えるものではない。国の識字率《しきじりつ》の低さもあり、購入層は裕福な家庭や貴族に限られている。そしてそういった階層の者たちこそ、女性は働かず、家にいて親や夫に従うもの、知識などつける必要はないと思っているのだ。

諸外国ではそんな考えなどとうに消え、女性でも自由に本を手にすることができる上に、女流作家まで出始めているという。この国とは雲泥《うんでい》の差だ。外国に留学経験のある現国王が王位についてからは、徐々に変わってきてはいるが、まだまだ凝り固まった考えの人間は多く、意識の改革にまでは至っていない。

この国ではまだまだ女性が手にする本といえば文字の教本か、詩集くらいのもので、リンゼイたちのように物語や自然科学などの学問の本を読むのは、眉を顰《ひそ》められる行為なのだ。ましてや書くなどもっての外《ほか》だ。これが知れたら、彼女だけではなくてそれを許している父親も誹《そし》りを受けるだろう。だからこそ、リンゼイはゴードン・リューという陰に隠れなければならなかったのだ。

リンゼイはこの店に来ることは二度とないだろうと思いながら、手提《てさ》げの籠の中に手を入れて、財布代わりにしているひも付きの小袋の中から一枚の紙を取り出した。その際、籠の中に入れていた出版社宛ての手紙がひらりと落ちたのだが、目の前の店主に注文書の控えを叩きつけてやろうと意気込むリンゼイは気づかなかった。

「こうして証明書もあります。この店は私に品物を渡す義務があるはずよ」

リンゼイがカウンターに広げた紙には、注文を受けた旨《むね》と書名、代金が受け取り済みであることを証明する直筆のサインまで書いてあった。どこに出しても通じる立派な証明書だ。だがその紙に目を落とした店主はふんと鼻で笑った。

「そんなものは無効だ。今の店主の私が従う義理はない」

「何ですって？」

そう言うだろうと半《なか》ば予想していたが、あまりに勝手な言い草に呆れるばかりだ。

「証明書にはロイド書店の名も記してあるのに？　あなた自身が前の店主から跡を継いだと言ったのに？」

「それは伯父が勝手にやっていたことで、私はあずかり知らないことだ。そもそも何度も言うがうちには女に売る本などない。女は家で大人しくしてりゃいいんだ」

リンゼイは奥歯を噛《か》みしめると、カウンターに置いた紙を無言でたたみ始めた。これは大切な証明書だ。激昂《げきこう》した店主に破かれても困る。

「わかったか？　ならさっさと店から出て行ってくれ」

リンゼイの行動を見て彼女が諦めたと勘違いした店主はなおもぞんざいに言った。だがもちろん、リンゼイに引くつもりはない。

——さて、ベイントン商会の名を出すか、準男爵の娘という身分を使うか……それとも憲兵隊に報告して公の場で争うか。

リンゼイは自分の取るべき方法を思案する。何となくこの手の手合いは自分より上の身分に弱そうだ。そう考えて「準男爵の娘」という身分を出すべく顔を上げた。だが、言葉を発する間に、リンゼイの背後から鋭い声が轟《とどろ》いた。

「さっきから黙って聞いていれば。いつからロイド書店は詐欺《さぎ》を働くようになったんだ？」

ハッとして振り返ったリンゼイは目を見張った。驚くべき美貌の主がそこにいたからだ。すっと通った鼻筋に、長い睫毛《まつげ》に縁どられた菫《すみれ》色の瞳、一文字に結ばれているのになぜか色気がある口元。流れるようなやや癖のある栗色の髪を無造作に結び、着ている服もシンプルな白いシャツなのに、何とも華やかな印象を与える男だった。……男、そう男性だ。

顔は間違いなく女性的、それも美人に分類される容貌だった。だが背は高く、やや細身ながらまくり上げた袖から覗く腕は意外にも筋肉質でひ弱な感じは受けない。それに、その声は低く、紛れもなく男性のものだった。

「さ、詐欺などと人聞きの悪い……」

狼狽《ろうばい》する店主に、麗人がその美しいラインを描く眉を上げて言った。

「代金までもらって注文を受けておきながら知らぬ存ぜぬと抜かすことのどこが詐欺じゃないって？　証明書もあるんだ、憲兵隊を呼んで出るところに出たっていいんだぜ？」

「そ、それは……」

憲兵隊は国軍の一組織だ。王都の治安維持活動を専門に行い、住民間のトラブルの調停も行っている。

「それに、だいたいロイド爺《じい》さんは引退してねぇだろうが。急遽《きゅうきょ》仕入れの旅に行くことになったから失業中のお前に店番を任せただけ。継いでもいないし、ここはお前の店でもなんでもない」

「なんですって!?」

思いも寄らないところからの援護にぼうっとしていたリンゼイは、その麗人の言葉にハッとして店主……いや、店番の顔を見た。男はバツが悪そうに視線を逸らす。

「さぁ、さっさとこのお嬢さんの注文した本を渡すんだな」

店番の男は何か口の中でぶつぶつ言った。大方女には売りたくないとかそんなところだろう。そんな彼に更に麗人は言った。

「それに女に売る本はないと言っていたが、そもそもこのお嬢さんは自分で読むなどとは

一言も言ってないだろう？　誰か、例えば雇い主に頼まれて引き取りに来ただけだったらどうするんだ。その主人が貴族だったら？」

「なっ」

突然この男は何を言い出すのだろう。この本は自分が読むためにリンゼイが直接注文したもので、それこそ頼まれたなどとは一言も言っていないのに。リンゼイは自分が読む本だと口を挟もうとした。けれど、麗人の菫色の瞳が牽制《けんせい》するようにリンゼイに注がれるのを見て、彼の意図を知り口をつぐむ。

この麗人は落としどころを与えようとしているのだ。女に本を売りたくない店番が矛先を収められるように。案の定、店番はその言葉に飛びついた。

「そうだな、女がこんな難しい本を読むわけがない。雇い主かあるいは家族に頼まれたものだろう。それなら渡すのはやぶさかじゃない」

そう言うと男は台帳を引っ張り出し、リンゼイの注文を確認すると、後ろの棚から該当の本を取り出してくる。リンゼイは不快に思いながらも麗人の瞳に促されるように一度は籠にしまった注文書の控えを取り出して店番に渡した。

本を無事に手に入れたリンゼイは、本当の店主が戻るまでは絶対にこの書店には足を踏み入れまいと決心しながら、麗人と共に店を出た。通りに出て少し進んだところで、先に行く麗人の後ろ姿を見上げる。何はともあれ、本を受け取れたのはこの人のおかげだ。

「あの、」

ありがとうございました、と続けるはずだったのに、それは言葉にならなかった。なぜならくるっと後ろを向いてリンゼイを見下ろした麗人が、開口一番こう言ったからだ。

「あんたも、少しは考えて行動しろ」

「え？」

麗人は顔を顰めながら続けた。

「女が本を読むことに反対はしない、むしろ良いことだと思っているが、頭の固い連中を相手にする時は退くことも考えろ。その質の良さそうな服や高価な本を購入しているところを見ると裕福な家庭の出なんだろ？　だったら人に頼むとか誰か付き添いを頼むとかできたはずだ」

要するに彼はリンゼイがもう少し思慮深かったら、無用な争いを避けられたはずだと言いたいらしい。……正論だ。店番がああいうタイプだと分かった時点で出直せばよかったのだ。それが一番穏便に済む方法だった。あのままだったらリンゼイと店番は口論になっていただろう。リンゼイ自身退く気はまったくなかったのだから。だから彼の言っていることは正しい。けれど……店番から不快な思いをさせられたリンゼイは、この頭ごなしの言葉に更に不快な思いを上塗りされたような気になった。猛然と反感が湧いてくる。

「それに、王都の治安はだいぶ良くなったが、人が盗難や強盗、殺傷事件に遭遇しないわけではない。お嬢さんが一人で外出するもんじゃねえよ」

……本屋では確かに助けてもらった。それに言っていることも確かに正しい。リンゼイのことを心配してくれての発言だろう。それは分かる。だが、これは余計なお節介というものではないだろうか？

忍耐の限界を感じて、リンゼイは麗人の顔をキッと見上げた。

「ご忠告ありがとうございます。今度からはそのようにいたしますわ」

だがその言葉をリンゼイの態度と口調が裏切っていた。麗人は軽く目を見張ってリンゼイを見下ろす。彼の視線が、水色のワンピースに包まれた娘らしい丸みを帯びた身体、ふっくらとした瑞々しい桜色の唇、細い鼻梁《びりょう》とビロードのように滑らかな頬を順にたどり、そして最後に性格を表すように強い光を宿す大きな榛色の瞳で止まった。菫色の目と薄い茶色の目が交差する。ハッとしたように見開かれたその宝石のような彼の瞳を見上げながら、リンゼイはハキハキした口調で言った。

「それでは女の一人歩きは物騒だそうですので、これで失礼しますわ。本屋ではありがとうございました。おかげで助かりました」

それから形ばかりに頭を下げると、リンゼイは相手の反応も見ずにさっと踵《きびす》を返して歩き始めた。

「え？　ちょ、ちょっと待ちなさいよ！　……じゃなくて、ちょっと待てって！」

街の喧騒《けんそう》の中で後ろからそんな声が聞こえたが、リンゼイは振り返ることも足を止めることもなく、足早にその場から去った。

――彼女が手紙を落としたことに気づいたのは、それから十分もあとのことだった。

「なんてことかしら」

リンゼイは私室の机に突っ伏してうめき声を上げた。

出版社に送るはずだった手紙をどこかに落としてしまったのだ。リンゼイがそれに気づいたのは、郵便事務所に着いてからだった。それまで本屋の店番やあの麗人に対してぷりぷり怒っていて籠の中に手紙がないことに気づくのが遅れたのだ。リンゼイは愕然《がくぜん》とした。あれを誰かに拾われて読まれたらとても困るのだ。慌てて道を戻って捜したが、どこにも見つからなかった。

けれどリンゼイはロイド書店には足を踏み入れなかった。一番落とした可能性が高いのは、注文書の控えを取り出したあの時だと分かっていながら、また店番と顔を合わせることを考えたらどうしても入る気になれず、結局諦めて屋敷に帰るしかなかった。

——中身を見られて、リンゼイがゴードンだと知られてしまったら、どうしよう。

——いや、手紙にはリンゼイの名前は一切出していない。ゴードンの正体が彼女だと分かろうはずがない。

悲観と楽観を行ったり来たり悶々と考え続け、とてもじゃないが、再度出版社への手紙を書ける心境ではなかった。本来であれば起きたことについて出版社に説明をし、ゴードンに関して問い合わせがくるかもしれないことを伝えなければならないのに。けれど、こうして机に向かっても出てくるのはため息やうめき声ばかりだった。

落ち込んでいるのは手紙に関してだけじゃない。一晩経って冷静になってみれば、自分はあの麗人になんて失礼な態度を取ってしまったのかと思う。見ず知らずのリンゼイを助けてくれたのに。彼はリンゼイに肩入れする必要もメリットもないのに、わざわざ援護してくれたのだ。彼があぁ言ってくれたから、騒ぎになることもなく本を手に入れることができた。それなのに自分はつい説教めいたことを言われたくらいでカッとなって、恩知らずな態度を取ってしまった。

「ううっ……」

思い出して再び唸《うな》っていると、侍女がやってきて来客を告げる。

「お嬢様、ジョスラン様とアリス様がいらっしゃいました」

「ジョスランとアリスが？　……分かったわ、応接室にお通しして」

こんな時に会いたい二人ではないが、両親が留守にしている今、この屋敷を取り仕切るのはリンゼイの役目だ。リンゼイは椅子から重い腰を上げると、身支度を整えて応接室に向かった。

ジョスランはここ、王都ハルストンにあるベイントン商会の支部長を務める青年で、アリスは彼の秘書を務める女性だ。

元々このルベリア国の王都に置かれたハルストン支部がベイントン商会の本部だったのだが、リンゼイの父親が準男爵を叙爵《じょしゃく》することが決まった時に、貴族が直接商売をするのは好ましくないと父親は実務から退き、実弟が責任者をしていた隣国の支部に本部を移した。そして、元々の本部を支部とし、自分の補佐をしていたジョスランを責任者に抜擢《ばってき》して任せたのだ。あれから三年、名商人として名を馳《は》せる父親の補佐をしていただけあってジョスランもかなりやり手で、次々と事業を拡張しているらしい。

二人の待つ応接室の扉を開けると、ソファに座っていた背の高い男が立ち上がってリンゼイを迎えた。

「リンゼイ、お久しぶりですね、相変わらずお綺麗だ」

ジョスランはリンゼイの手を取って、まるで貴族のように甲にキスを落とした。

「お久しぶりです、ジョスラン。アリスも」

リンゼイはそう言いながらやんわりとジョスランに取られた手を外した。アリスがこれを見てどう思ったか気になったからだ。案の定、アリスの方を見ると微笑みを浮かべてはいるが、決してその目は笑っていないと分かる。内心ため息をつきながら、リンゼイは二人に着席を促し、自分はその向かいのソファに腰を下ろした。

ジョスランは引き締まった身体と端整な顔立ちの持ち主だ。二十四歳という若さだが、ダークブロンドの髪を後ろにすっきり撫でつけたその姿はもう少し年上にも見える。弱冠二十一歳でベイントン商会のハルストン支部を任された時はその若さで大丈夫なのかと心配されたが、三年経った今は、すでに上に立つ者としての貫禄《かんろく》も身につけているようだ。

その隣に座るアリスは彼より一歳年上の二十五歳で、水色の瞳と楚々《そそ》とした容貌を持つ女性だ。内戦があった国の出身で、元は商人の娘だったが家族や家をすべて失くし、難民としてこの国に流れ着いたのだという。紺色の落ち着いたデザインのワンピースと、ピンクブロンドの髪をきっちり結い上げたその姿は、どこから見ても有能な秘書だ。実際、非常に優秀で、ジョスランが事業を順調に拡張できているのも彼女の力によるところが大きいという。そしてリンゼイの見間違いでなければ、アリスはジョスランに恋をしている。さっきのようにジョスランがリンゼイに近づくと、そっと目を伏せたり、いつも穏やかに浮かべている笑みがこわばったりするのだ。

けれど、ジョスランはあんなにはっきりしているアリスの恋心にどうも気づいていないようだ。それどころか……。

「今日はどうしたのですか？」

侍女がお茶を配り終えて応接室を出て行くのを待ってから、リンゼイは尋ねた。ジョスランがその言葉に苦笑いを浮かべる。

「社長に報告に来たのですが、あいにくとお留守だそうで」

「ごめんなさい。両親とも、昨日からまた査察の旅に出てしまって……」

リンゼイの両親は貴族になってから商会の実務からは遠ざかっている。けれど、通常の貴族とは違って土地を管理運営する必要もないため、余った時間を旅行に費やすことにしたのだ。けれど、ただの物見遊山ではない。各国にある支部の視察と、新たな事業の開拓なども兼ねている。そしてそれにはこの国の貴族であることも大いに役立っているらしい。

信用が違うのだそうだ。名誉だからと叙爵しただけではなく、ちゃんとそれを実益にしているのが名商人と呼ばれる所以《ゆえん》だろう。

「やはり、事前に確認を取ってから伺えばよろしかったですね」

アリスが隣のジョスランに言う。その様子はいつもの有能なアリスに戻っていた。

「そうだね。でも社長がいなくても、リンゼイに会って話ができたので無駄ではないよ」

ジョスランはそう言ってリンゼイに微笑んだ。その甘い笑みにリンゼイは内心困ったと呟きながら、話を逸らす。

「お上手ね、ジョスラン。ところで両親に報告することとは……？」

「ああ、今度ルベリア織《おり》を我がペイントン商会で扱うことになったので、その報告に伺ったんですよ」

「ルベリア織！　あの生産量が少ないルベリア織を？」

ルベリア織はこの国の北部で昔から織られている伝統工芸だ。だが作業工程が多く、熟練の技を必要とするために高価で、諸外国から入ってきた織物にすっかり押されてしまった。今では作り手もずいぶん減ってきていて存続が危ぶまれている。ところがごく最近になって、諸外国の王侯貴族の間でこのルベリア織を芸術品として部屋に飾るのが流行り出したのだ。

「ええ。工房の一つと専属契約を結びまして。生産量のことがあるので受注生産という形になるでしょうが、今までは国内に流通したものを買い集めるしかなかったものが、我々というルートを通じて手に入るわけです。これはライバルの貿易会社に対して大きなアドバンテージになるでしょう」

「それはすごいわ！」

「根気よく工房に通い説得した甲斐《かい》がありました」

にこにこと笑顔を向けるジョスランはどこか得意げだった。それはそうだろう。ルベリア織を扱うということは諸外国の王侯貴族が直接の顧客になるということなのだから。

「これを一番に社長に報告したかったんですが……」

「タイミングが悪くてごめんなさい。すぐに手紙で知らせることにするわ」

視察予定になっている支部宛てに手紙を出せば、のんびり船旅を楽しみながら目的地に向かう両親より先に到着するだろう。そうすれば父は支部に到着してすぐにこの喜ばしい成果を目にすることができる。

「きっと父は自分のことのように喜ぶでしょう」

何しろ目をかけていたからこそ、ジョスランに大事な支部を任せたのだから。

「ありがとうございます。でもまだまだ社長の足下にも及びません。もっと精進《しょうじん》しなければと思っております」

それから話題はジョスランがこれから拡販していきたい品物や産業の話に移っていった。彼にはいろいろとアイデアがあるようだ。次から次へ飛び出す発案や構想に頼もしさを感じながらも、リンゼイは彼がどこか急ぎすぎているような気がしていた。ジョスランの評判は良いしハルストン支部の業績も右肩上がりだ。けれど肩ひじ張って無理に新たな目標に向かって全力疾走《しっそう》しているような、そんな印象を受けてしまうのだ。

「ジョスラン、事業拡張もいいけど、あまり無理はしない方が……。今だってあなたは十分良くやっていると思うわ」

リンゼイは思わず言っていた。けれど、その言葉に苦笑しながらジョスランは首を振る。

「いいえ。まだまだです。もっと事業を拡大して、ハルストン支部を大きくしなければ」

それから妙に含みをもった視線をリンゼイに向ける。

「でなければ、あなたの隣に立つに相応しくありませんから」

「ジョスラン、そろそろ次の約束の時間ですよ」

リンゼイがジョスランの言葉に反応するより先にアリスが口を挟む。ジョスランは顔を顰めた。明らかに邪魔されて気分を壊したようだが、そこは商売人だ。仕事の約束は何より優先しなければならないのも分かっている。

「もうそんな時間かい？」

アリスは懐中時計を手に頷いた。その顔はいつもの通りで、上司の話の邪魔をした意図をうかがい知ることはできない。けれどリンゼイは助かったと思い、アリスに心の中で感謝した。たとえそれが嫉妬から出た行動であっても。

「それではリンゼイ、名残惜しいがこれで。また社長が戻る頃にでも伺います」

やがてリンゼイに未練を残しながらも、ジョスランとアリスはベイントン邸から慌ただしく去っていった。玄関先でその姿を見送ったリンゼイは私室に戻るやいなや、深いため息をついた。重たい気持ちのまま、父親に出す手紙をしたためようと机に向かう。けれど、ペンを手に取ったものの、喜ばしい報告の手紙を書く気にはなれなかった。

ここ最近、ジョスランはずっとあんな調子だ。彼が向けてくる態度や感情がどういうものであるか分からないほどリンゼイは鈍くはない。だからこそ困惑していた。

まだ十代の前半からベイントン商会で働き始めたジョスランは、リンゼイにとって兄も同然の存在だ。親しみはあっても異性として見たことはなかった。だがそのことをやんわりと伝えても、彼は、大商人の娘で貴族の一員であるリンゼイにまだまだ己の立場が相応しくないからだと考えるらしかった。そんなことは少しも思っていないし、そもそもリンゼイは貴族ではないのに。

おかげで、前は遠慮しながらもそれなりにリンゼイに親しげな様子を見せていたアリスの態度が、すっかりよそよそしくなってしまった。ジョスランの態度が変わる前からアリスの気持ちを知っていて、密かに結ばれればいいのにと思っていたリンゼイにとっては頭を抱えるしかない状況だった。

何とかジョスランを諦めさせる方法はないだろうか。一番手っ取り早い解決方法はリンゼイが誰かと婚約するか、結婚するかだろう。中途半端な立場のリンゼイだが、言いかえれば庶民、貴族のどちらに嫁いでも問題はない。現にそのどちらからも縁談の話は届いている。だが、問題はそのいずれもベイントン家の財産目当ての相手ばかりだということだ。

そんな相手と一生を添い遂げたくはない。それに、リンゼイ自身に興味や理解があるわけではない相手が、彼女が本を書くのを良しとするだろうか。とてもそうは思えなかった。おそらく本を読むことさえ禁止するだろう。そんな目に遭うくらいなら結婚などしたくない。

その時、ふと脳裏に、アデリシアとその夫であるジェイラント・スタンレー侯爵が、リンゼイに紹介したいと言っている人物のことが浮かんだ。明日、スタンレー邸でその人物と顔合わせをする予定になっている。当然ただの友人としての紹介ではないだろう。妙に友人夫婦が熱心で、それならばと半ば冗談で承知した顔合わせだった。きっと相手も自分のように義理で来るに違いない。だが結婚はともかくも、リンゼイはその人物に会って話をしてみたいと思っていた。

彼は伯爵家の跡取り息子で、今は王室図書館の副館長をしているそうだ。そんな職についているのだから当然、本に対する造詣《ぞうけい》も深く、アデリシアによれば女性が本を読むことにも理解があるという。これは大きな利点だ。だがそれより何より彼女の興味を引いたのは、彼が男でありながら女言葉を使うということだった。女装して女を真似ているわけではなく、言葉遣いだけ女性のような口を利くのだという。話を聞くだけでもとても興味深い人物だ。彼との話から小説のインスピレーションを得られるかもしれない。

そんな相手への興味が、大事な手紙を落としたことやジョスランたちのことでふさいでいたリンゼイの気分を和ませた。今なら喜びの報告を文にしたためることができるだろう。

リンゼイは父親の喜ぶ顔を思い描きながら、手にしていたペンで白い便箋《びんせん》に文字を連ねていった。

2　秘密の取引

「リンゼイ、いらっしゃい！」

次の日、スタンレー侯爵家に出向いたリンゼイを玄関で迎えたのはアデリシアだった。

「お招きありがとう、アディ」

微笑んで言いながら、リンゼイは友人は会うたびに綺麗になっていくと感嘆していた。

アデリシアは蜂蜜《はちみつ》色の髪と瑠璃《るり》色の瞳を持つ、とても可愛らしい女性だ。ただ、素材はとてもいいのに、自分が着飾ることには無頓着《むとんちゃく》で、いつもさえない服を選んで着ていた。そのせいで周囲に地味だという印象を与えていたのだが……。結婚した今も化粧はしておらず身に着けているドレスも薄緑色のシンプルなデザインだ。けれど、それがかえってアデリシアの美しさを際立たせているように見えた。それも表面的なものではなく、内側から輝くような美しさだ。今のアデリシアを地味という者はいないだろう。リンゼイは、好きな人と結ばれ愛し愛されることで、女性はこんなにも変わるものなのかと驚かずにはいられなかった。

リンゼイを応接室に案内しながら、アデリシアが言った。

「あのね、もうレナルドさん来ているのよ。今、応接室でジェイラント様と話をしているわ」

「あら、早いわね。私も約束の時間より早めに着いた気でいたのに。でも時間にルーズじゃないというのはいいことだわ」

リンゼイは商人の娘として育ってきているので、時間や約束事を守るということには強いこだわりがある。だが残念ながら、商人と違って貴族はそのあたりのことに無頓着な人が多いのが実情だ。けれど、ジェイラントの友人はそうではないらしい。

アデリシアは笑いながら言った。

「レナルドさんは責任感ある人だから、遅刻なんてしないわ。ほんっと、うちの兄のランダルとは大違いよ」

「お兄さんといえば、相変わらず外国を飛び回っているの？」

アデリシアの双子の兄であるランダル・マーチンは、王室図書館に勤めている。真面目なアデリシアと違ってどこか自由奔放なところがあり、特に本に夢中になると何も見えなくなるどころか周りにお構いなしになってしまう。ただ本に関する嗅覚《きゅうかく》はすばらしく、買い出しに行っては貴重な本を探し出してくる。リンゼイも一度ならず、彼に欲しい本を手に入れてもらったことがあり、親しみを持っていた。

そんな彼は今、図書館の渉外員《しょうがいいん》として外国で本を購入する仕事に就いていた。まさに適材適所といえるだろう。

「ええ、私と入れ替わったあとすぐに渉外員になって、今もめったに帰ってこないわ。何だか忙しいみたい」

実はアデリシアは結婚前に双子の兄のランダルに変装して、王室図書館で働いていたことがあるのだ。それはランダルが就業直前に本の買い出しの旅に出かけて帰ってこないための緊急措置でもあったし、夜這いされて純潔を奪われた挙句、結婚を迫るジェイラントから逃れるためでもあった。結局何だかんだで両想いだった二人は、ちょっとした事件のあと思いを通わせて晴れて結婚することになり、旅に出ていたランダルも帰ってきて二人は無事に入れ替わることができた。その時に始終世話になっていたのが、今回の顔合わせの相手である副館長だという。

「まぁ、あなたのお兄さんのことだからケロッとした顔で戻ってくるわよ。前もそうだったんでしょう？」

「そうそう、数か月も音信不通だったことなんてすっかり忘れてね。さぁ、着いたわ」

アデリシアは重厚な扉の前で足を止めると、軽くノックをした。

「どうぞ」

中から応じたのはアデリシアの夫の、ジェイラント・スタンレー侯爵だ。相変わらず容姿と同じように艶やかな良い声をしている。

アデリシアが扉を開けながらリンゼイを促した。

「さ、入って、リンゼイ」

そうして先に通してもらった部屋の中で、真っ先に目に飛び込んできた人物に、リンゼイは足を止めた。それはいつもだったらすぐに視界に入るはずの、月の貴公子と呼ばれる美貌を誇るジェイラントではなかった。

ジェイラントの隣に立っていて、その彼と同じくらい背が高く、同じくらいの美貌を誇る人物。けれどそれは極めて女性的な容姿で、優美でありながら男性的なジェイラントの容貌とはまた違っていた。華やかでハッと人目を引くといったらこちらの方が上だろう。けれど、その容姿に驚いたわけではない。濃い紫の上着に、白いトラウザーズを身に着けたその人の顔に見覚えがあったからだ。

流れるような栗色の髪、長い睫毛に縁どられた、まるで宝石のような菫色の瞳。薄いながらも色気を帯びた口元。それはどこからどう見ても、数日前に本屋で出会ったあの麗人だった。

彼がリンゼイの姿を視界に捉えてふっと笑みを浮かべる。艶やかな笑みだった。

——この人がアデリシアの言っていた、副館長？

「リンゼイ？」

入り口で固まっているリンゼイにアデリシアが不思議そうに声をかける。けれど、彼女は驚きのあまり、答えるどころではなかった。視線はひたすら彼に注がれていた。

「あんたがリンゼイ・ベイントン？」

リンゼイの混乱振りをおかしそうに見やりながら彼は言った。その声は紛れもなくあの時の麗人の声だ。

リンゼイは唖然としながらもアデリシアが彼について言っていたもう一つの特徴のことを思い出して、めまいがする思いだった。そんな彼女をよそに麗人が片目を瞑《つむ》りながら、間違えようのない口調ではっきり告げる。

「アタシはレナルド・アルベリク・クラウザーよ。よろしくネ」

――そう、アデリシアの元上司は、女言葉を使うのだった。

「こちら、こそ」

礼儀上何とかそれだけは返せたが、あとは言葉にならなかった。ただただ呆然とするだけだ。

この顔で女言葉。……あまりにも似合いすぎる。

そして服。白いドレスシャツの袖から覗くカフスの華美なレースは派手の一言。……よく似合ってはいる。でも……。

リンゼイはもはや自分が何に驚いているのか分からなかった。彼があの麗人だったことについてか、あの時とはまったく別人のように派手な服装だからか、それともあの時は乱暴な口調ながら普通に男言葉を話していた彼が、本当はそうじゃなかったことか。

数日前の出来事がぐるぐる頭の中を駆け巡る。そんな彼女をよそに、ずっと彼らのやり取りを黙って見守っていたジェイラントに、麗人——レナルドが言った。

「ねぇ、ジェイラント。この紹介ってさ、単なるお友達紹介じゃないのよね」

「……ええ、そうですよ」

「つまりは異性とか結婚相手とかそういう意味でしょ」

「ええ、そういう意味での紹介です」

「そう、だったら——」

レナルドはそこまで言うとリンゼイに視線を戻してにやりと笑った。

「あんたはアタシのものだっていうことよね」

「は……？」

リンゼイはぽかんとした。とっさに何を言われたのか理解できなかったからだ。アデリシアの狼狽《うろた》えたような声が続く。

「レ、レナルドさん？」

けれどそれには構わず、レナルドはつかつかと近づいてきて、呆然としているリンゼイの腕を取って言った。

「それじゃあ、将来のことについて話し合いましょう」

「……は？」

「ジェイラント、談話室借りるわよ」

「それは構いませんが……何をするつもりですか？」

眉を顰めるジェイラントに、レナルドはにっこり笑った。

「それはアタシと彼女の秘密よ。さ、行くわよ」

そしてリンゼイの腕を引っ張って今入ってきたばかりの扉を抜けていく。

「ちょ、ちょっと、レナルドさん、リンゼイ……！」

アデリシアの焦った声を背にしながら、リンゼイは呆然としたまま有無を言わさない腕に引きずられていった。


着いた場所はリンゼイも何度か入ったことがあるスタンレー家の談話室だ。家族や親しい友人たちとの語らいのための部屋で、応接室より格式ばっておらず、調度品も壁の装飾も落ち着いた温かみのあるもので統一されている。

「一体、何なんですかっ？」

その部屋に入るや否や、リンゼイはレナルドの手を振り払った。混乱したまま大人しく応接室から引っ張られてきたものの、途中で立ち直り、状況が理解できてくるにつれてこんな風に扱われていることに少し腹が立ってきたのだ。ところがレナルドはリンゼイの腹立ちをまるで気にせず、それどころか何かを含むようにこう言った。

「ジェイラントたちの前で話してもいいけど、それだとあんたが困るんじゃないの？」

まるでリンゼイのためを思ってあそこから連れ出したかのような口調だ。リンゼイは眉を顰めた。

「私が困る？　何を？」

「そう、コレ」

そう言ってレナルドが上着から取り出したのは一通の封筒だった。真っ白な、どこにでもある封筒だ。けれどリンゼイにはすぐに分かった。一昨日どこかで落としたゴードンの手紙だ。彼が持っているということはやっぱりロイド書店で落としたのだ。それを彼が拾ったに違いない。

「そ、それっ」

思わず言ってからハッと口をつぐむ。彼が中身を読んでいたら、ゴードンの正体がリンゼイだとバレてしまうかもしれない……！

だが、どうやら遅かったようだ。リンゼイの反応に、レナルドが艶然と笑った。

「やっぱりあんたの書いた手紙だったのね。ねぇ、ゴードン・リューさん？」

リンゼイはグッと唇を噛んだ。やっぱり中身を読んでしまったらしい。

「言っておくけど、誰かに出すように頼まれたもので、自分が書いたわけじゃないという言い訳はきかないからね。常識的に考えても、準男爵の娘——しかもベイントン商会の社長令嬢に、供も連れずに手紙を出しに行けなんていう人間がいるわけないんだから。あんたがわざわざ一人で手紙を出しに行ったのは、これが人に見られたくないものだったから。そしてその理由は、この手紙を書いた主であるゴードン・リュー氏があんた自身だから。これ以外にあり得ないでしょ」

ここまで言われてしまったら、もう言い逃れはできないだろう。リンゼイはギュッと目を瞑り、覚悟を決めた。けれど、一矢報いずに白旗を上げるのは嫌だった。だから、目を開け、レナルドを見上げてできるだけ嫌みっぽく言ってやる。

「伯爵家の跡取りともあろう者が、人の手紙を勝手に開封して読むだなんて、ずいぶんな礼儀ですこと」

だが、これもレナルドは一蹴してしまう。

「手紙を拾った時、アタシはあんたがどこの誰かなんてまったく知らなかったのよ。宛名の裏に書いてあったのは『G・R』というイニシャルだけだったし。だから手紙の中身からあんたの身元を調べようとするのは当然でしょ」

それからにやりと笑って付け加える。

「まぁ、結局それでも分からなかったから、ロイド書店に戻ってあんたが置いていった注文書を見させてもらったわけ。知ってビックリよ、まさかアデリシアの友人であるベイントン家の令嬢だったなんてね」

それでレナルドは、応接室でリンゼイの顔を見ても驚きもしなかったのか。手紙をわざわざこの席に持参してきたのも、顔合わせの相手がリンゼイだと分かっていたからだろう。

リンゼイは大きくため息をついた。こうなったらもう白旗を上げるしかない。

「……それで、あなたは私に何をさせたいのですか？」

リンゼイはレナルドを見据えながら、静かな口調で尋ねた。話を聞かれないようにこんなところまで引っ張ってきてゴードンの名前を出したのは、その秘密と引き換えに彼女に何かさせたいことがあるからだろう。

その言葉とリンゼイの強い眼差しに、レナルドがおや、という顔をする。それからその色気のある口元をほころばせた。

「分かっているなら話は早いわ。じゃあ、さっそく言うわね。あんたにはアタシの婚約者になって欲しいのよ」

「……は？」

リンゼイは目を丸くした。

「婚約って……あの婚約ですか？」

「そうよ、結婚の約束を交わすアレよ」

「……理由を伺っても？」

婚約者になって欲しいなどと、一見求婚しているようにも聞こえる言葉だが、これは違う。彼は決して「結婚をして欲しい」と言っているわけではない。そこには何か理由があるのだ。「婚約者」が必要な理由が。

「いいわよ。ゴードンのこと抜きにしても、元々あんたにちゃんと理由を説明して頼もうと思っていたことだから。……アタシには妹が三人いるんだけど。末の妹が突然、アタシが結婚相手を見つけるまで結婚しないと言い出したのよ」

――レナルドには三人の妹がいて、彼は妹が全員嫁に行くまで、自分は結婚しないと決めてそれを公言してもいた。亡き母親――故クラウザー伯爵夫人に病床で妹たちのことを頼まれていたからだ。

「家庭を持つとそちらに気を取られて妹たちに目が行き届かなくなってしまうからね。それに親戚筋から持ち込まれる縁談を断るにも都合がよかったから」

そうして月日は流れ、幼かった妹たちも社交界デビューを果たし、長女と次女はそれぞれ彼女たちを大切にしてくれる相手に嫁いでいった。そしてこのたび、最後に残っていた末の妹、レイチェルも婚約をし、これで肩の荷が下りると思った矢先に、いきなりこんなことを言い始めたのだ。

『私、お兄様が相手を見つけるまで、結婚しませんから』

どうも自分が嫁に行ってしまったらクラウザー邸を仕切る者がいなくなってしまうと危惧したらしい。もちろん、兄にも幸せになって欲しいという気持ちもあるだろう。

慌てたのはレナルドだ。せっかく肩の荷が下りると思ったのに、そんなことを言われるなんて。もちろん説得しようとしたが、レイチェルの決心は固く、このままだと彼女の婚約者にも迷惑をかけてしまうだろう。最悪、婚約破棄ということにもなりかねない。そこでレイチェルを安心させるために、レナルドの「婚約者」が必要になり、リンゼイに白羽の矢を立てたというわけだ。

「でも私、準男爵の娘だけど、貴族というわけではありませんよ？」

準男爵の娘は伯爵家の婚約者として適切だとは思えない。身分の差がありすぎる。安心させるどころか逆に心配させてしまうかもしれないではないか。

けれどレナルドは朗らかに笑った。

「うちでは誰も気にしないわよ、何しろアタシがこの口調でしょう？　嫁に来てくれるというだけで大歓迎よ」

「……そうですかね？」

リンゼイは懐疑的だ。もとは庶民という身でありながら貴族社会に入ったリンゼイに、社交界の人間は冷たかった。全員がそうではないが、大半の人は高い身分の相手と交流することで自分の価値が高まると思っているようで、付き合う相手の身分を非常に重要視する。準男爵の娘など彼らはお呼びではないのだ。レナルドの家族だってそうかもしれない。

「大丈夫よ。実際会ってみれば分かるわよ。……で、リンゼイ、アタシの『婚約者』やってくれるかしら？」

レナルドはリンゼイを見下ろしながら真剣な眼差しで問いかけてきた。ゴードンのことを黙っているのと引き換えだと言う割には、こうしてリンゼイの意思を確認してくれるところに律儀な彼の性格が表れているようだ。

リンゼイは思案するように眉間にしわを寄せた。

……悪い人ではないのだ。むしろ家族思いの良い人だ。リンゼイを本屋で助けてくれたのだって、妹さんの歳に近い女性を放っておけなかったからなのだろう。

それが分かっていながら――選択の余地など本当はないのに、それでもリンゼイが素直に頷かないのは、妹さんに嘘をつくことになるからだ。周囲を欺くことになるからだ。それに、それが終わったあとにどうなるのかという思いもあった。

これはレナルドの妹が結婚するまでの仮の婚約。終われば速やかに解消されるだろう。その時にまたうるさい連中にあれこれ好き勝手言われることになるのだ。「庶民上がりだから嫌がられたのよ」「貴族じゃないから解消は当然でしょ」などと。ああ、想像しただけでげんなりする！　だがリンゼイに断る余地はない。それでも言われるままこちらだけが一方的に、レナルドの思惑に乗るのは嫌だった。

リンゼイは顔を上げてはっきり口にした。

「その『婚約者』になることで私に何の得がありますか？」

「はぁ？」

レナルドの目が丸くなる。その顔を見ただけでも溜飲《りゅういん》が下がる。

「私は商人の娘なので、損得勘定は得意なんです。沈黙と引き換えとはいえ、この取引には私のメリットはほとんどないじゃないですか。そこのところはどうなのです？」

ずいぶん意地の悪い言い方だと自分でも思う。これだから可愛げがない、生意気と言われるのだろう。だがこうでもないとリンゼイは貴族たちの悪意に潰されていただろう。これは身を守るための武器なのだ。

レナルドはしばらく目を丸くさせていたが、何を思ったのか不意に笑った。それはまるで花がほころぶかのように艶やかで、引き込まれずにはいられない美しい笑みだった。けれど同時に、リンゼイの背中にぞっと得体のしれぬ悪寒が走った。

「気が強くて賢くて抜け目のない女は大好きよ。あんたって本当、何から何までアタシの好みだわ」

ふふっと笑う麗人に、更に背中に震えが走る。何かを間違えたような気がして仕方がなかった。

「あ、あの……」

「メリットね、いいわ、婚約者をやってもらう代わりに、アタシがあんたに教えてあげる。──本当の男女の関係ってやつを」

本当の男女の関係？　どういうこと？

混乱するリンゼイに、艶やかな笑みを引っ込めて平素に戻ったレナルドがゴードンの手紙をひらひらさせた。

「この手紙に書いてあることを察するに、次回作に男女の恋愛話を書くように依頼されてるんでしょ？　だけど、あんたは断った。これで合ってる？」

「え、あ、はい」

「賢明な判断ね。今のあんたには、男女の情欲はおろか、恋愛だって書けないわ。だってあんたは男という生き物を知らなすぎるもの」

リンゼイはグッと詰まった。それは自分でも思っていたことだ。だが、他人にこうもはっきり言い渡されるとグサリとくる。それが本に造詣が深い相手ならばなおの事だ。

「そもそも、アタシがこの手紙を読んで男性作家ゴードン・リューとあんたを結びつけられたのは、最新作を読んでちょっと違和感を覚えたからなのよね。これは男女間の……いいえ、男の情欲ってものを知らないんじゃないかって。だから手紙を読んだ時に、女性が書いていたのかと腑《ふ》に落ちたわけ」

「違和感？　どのあたりがですか？」

穏やかならぬ気持ちでリンゼイはレナルドに尋ねた。確かに恋愛要素を入れたのは今回の新作が初めてで、リンゼイも手探りだったことは否めない。だが、きちんと書けたという自負はあった。内容をチェックした出版社もおかしいなどと言わなかった。それだけにレナルドに違和感があると言われて平静ではいられなかった。

「中盤に、ヒロインの実家の領地にある山林にヒーローとヒロインが二人で入って、山小屋で一夜を明かすシーンがあるじゃない？」

ゴードンの新作の主人公は若き弁護士だ。彼はある日、事務所の向かいの食堂で働く少年と知り合う。この少年が実は男装したヒロインだ。貧しい地方領主の娘でお金のために悪名高い金貸しと無理やり結婚させられそうになり、逃げてきたという設定だった。実は男装や結婚させせられる云々のあたりはアデリシアをモデルにしていたりする。

それでヒーローは、骨格やしぐさなどからその少年が本当は女性だと見破るものの、事情があるのだろうと彼女を陰ながら見守るようになる。ところがヒロインを狙っている男が彼女をしつこく捜していて、その手下たちにとうとう見つかってしまう。連れ去られそうになるヒロイン。それを助けるのは、もちろんヒーローだ。彼は彼女から事情を聞いて、なぜそれほど金貸しが彼女に執着するのか疑問に思う。再び襲ってきた手下を捕まえて吐かせると、どうやら相手は彼女が持っているものを手に入れたがっているようだ。それを知る手掛かりはヒロインの実家にあるだろうと考えたヒーローはヒロインを連れて領地に向かう。相手に知られないように通常の道ではなく普段人が入らない山道を使うことを選んだ彼らは、その道中、粗末な山小屋で一夜を過ごすことになるのだ。

「この時にはもう主人公は彼女への恋心を自覚しているわけよね？　なのに山小屋に好きな女と二人きりになったというのに彼は欲情することもなく、これからどうやって彼女を守りながら敵を退けるかを冷静に考えている。あり得ないわよ。追われて切羽詰まっているわけじゃないのに」

呆れたような声にリンゼイは口をキュッと結んだ。そうなのだろうか、間違っているのだろうか。急に自信がなくなっていく。

「覚えておきなさい。男はね、好きな女を前にしたら欲情せずにはいられない生き物なの。どんな涼しい顔してたってね。……まぁ、あんたは未婚だし、男の情欲なんて知っているわけがないんだから、仕方ないんだけど」

……でもそれはこの先、ゴードンとして書くなら避けては通れない壁かもしれない。確かに恋愛を抜きにした話は書ける。今までのように書けばいいのだ。だがそれだといつもと変わらない、結局同じパターンの話になるだろう。ゴードンの作家としての幅は狭いままだ。

　眉間にしわをよせるリンゼイの様子に、レナルドの口元が弧を描く。

「……ねえ、知りたくない？」

　その声はリンゼイの耳に蠱惑《こわく》的に響いた。

「婚約者役をやってもらう代わりに、アタシがあんたに教えてあげる。男というものを、本当の男女の関係がどういうものなのかを」

　のろのろと顔を上げるリンゼイに、彼は笑みを浮かべたまま、まるで唆《そそのか》すように囁く。

「もちろん、純潔を奪いはしないわ。それはあんたの夫になる男のものだから。あんたは清い身のまま、その一端を知ることができるわけ。そしてそれを誰に知られることもない。それがあんたがこの取引で得るメリットよ」

　この言葉はリンゼイの琴線に触れた。彼は奪いはしないと言った。その後も沈黙を守ると言っている。リンゼイは彼のその言葉は信じられると思った。

　レナルドが彼女を見下ろしながら静かに問いかけた。

「で、取引に応じるのかしら、リンゼイ・ベイントン？」

　リンゼイは少しだけ逡巡したあと、頷いた。

「応じるわ、レナルド・クラウザーさん」

　この決断がこののち自分にどういう影響を与えるのかは分からない。けれど、リンゼイは知りたいと思ってしまった。彼の言う男女の本当の関係も、彼自身のことも。

それに……とこっそり思う。この「婚約」は、もしかしたらもう一つリンゼイにメリットがあるかもしれない。ジョスランのことだ。リンゼイが婚約をしたと聞いたら、彼は諦めざるを得ないだろう。……そう、この取引はリンゼイに多くのものをもたらすに違いない。

レナルドの顔がほころんだ。

「よし、取引成立ね。それじゃあ、調印書に署名する代わりに……レッスンその一よ、リンゼイ」

「え？」

不意に覆いかぶさってきた顔にリンゼイは目を見開いた。「え？」という形のまま薄く開いた彼女の唇にレナルドのそれが重なる。

それはまったくの不意打ちで、リンゼイは自分の唇に押し当てられた温かい感触と、目の前いっぱいに広がる整った顔に、自分に何が起こったのか一瞬理解できなかった。その無防備な唇の隙間からするっとレナルドの舌が滑り込んで、リンゼイの舌に触れる。そこでようやくリンゼイは、今自分に起こっていることを理解した。

——キスされている……!?

それも、触れるだけの優しいものじゃない。夫婦や、もしくは結婚を誓った相手としかしてはいけない、もっと濃厚なものだ。焦ったリンゼイはレナルドの胸に手を置いて、彼を引きはがそうとした。けれど、いつの間にかがっちり腰に回されていた手がそれを阻む。

それどころか、更にぐっと腰を押し付けられる。

「んっ、ふっ、ふぁ」

そうしている間にも、レナルドの舌はリンゼイの逃げる舌を追い、絡みつく。ざらざらする舌で根元までくまなく擦られて、肌が粟立つ。背中にぞわっと何かが駆け上がるのを感じ、リンゼイは耐えられなくなって目をぎゅっと閉じた。けれど、そうすることで更に神経は過敏になり、ドレス越しでも感じられる男の硬い身体と嗟内《こうない》を我が物顔で這いまわる舌に意識が集中してしまう。

「んうっ、ん、んっ」

歯列をなぞられ、頬の内側、上あごをくまなく擦られる。ぬめってざらざらとした舌が壁に触れるたびに背中に甘い震えが走り、お腹の奥が熱くなっていく。そしてその熱がリンゼイの思考を絡め取っていった。

ぴちゃぴちゃと粘着質な水音が、リンゼイとレナルドが繋がった口から漏れている。けれど、リンゼイはそれを恥ずかしく思う余裕もなかった。

もう何も考えられない。リンゼイは思考を放棄し、縋《すが》れるものを求めてレナルドの上着を摑むが、指にまったく力が入らなかった。指だけじゃなくて、足もだ。今リンゼイを支えているのは、まぎれもなく腰に回されたレナルドの腕だけだ。

やがて、レナルドが顔を上げた時には、リンゼイはもはや己の力で立っていられる状態ではなかった。手も足もふにゃふにゃだ。そんな彼女をレナルドは窓際のソファにそっと座らせた。リンゼイは、導かれるままに大人しくソファに腰を下ろし、背もたれにもたれながら、目を細めて喘《あえ》ぐように短く浅い呼吸を繰り返す。唇がジンジンと痺《しび》れ、熱と痛みを訴えていた。

　そんなリンゼイをレナルドはどこか楽しげに見下ろしながら言った。

「これが本当の恋人同士のキスよ。思っていたのと違っていたでしょう？」

　リンゼイはぼうっとしながら頷いた。彼の言う通りだ。思っていたのとこれはまったく違う。リンゼイはキスとは優しく甘いものだと思っていた。恋愛小説によくそういう描写があるからだ。だけど今のキスは奪うように激しく、そして荒々しい。

「でもまだまだ序の口よ。まぁ、それはおいおい教えてあげる」

　そう言って彼はリンゼイの頬をすっと撫でると、談話室の扉に視線を移した。

「そろそろアデリシアたちが心配し出す頃ね。押しかけられる前にアタシが先に行って婚約のことを説明しておくわ。ああ、あんたもあの二人に嘘をつくのは苦しいだろうから、レイチェルのことは告げて協力を仰ぐつもり」

　リンゼイはこれにも頷いた。そうしてくれると助かる。アデリシアに嘘をつくのは嫌だし、そもそもいきなり婚約するなどと言ってもあの二人は信じないだろう。

「あんたはここで呼吸を整えてなさい。説明終わったらアデリシアをよこすようにするから。多分、あんたのことを心配すると思うからうまく納得させてね」

　リンゼイがそれに頷くのを確認すると、レナルドは静かに談話室を出て行った。その後ろ姿が扉の向こうに消えるのを見送ったあと、リンゼイは息を整えながらそっと自分の唇に手を当てる。まだそこは熱を持ちジンジンと疼《うず》いていた。

あんな取引をするなんて、自分はどこかおかしいに違いない。いくら執筆のためだからと言って、「男女の本当の関係」を教えてもらうだなんて。何をされるか分かったものじゃないのに。けれど……どうしてか、触れられて嫌だという気持ちは湧いてこなかった。

不可解な自分の反応――もっと男女の仲を知ればその答えが見つかるのだろうか？

確かなことは、自分は戸惑いながらも、この秘密の取引を続けるだろうということだ。この関係の先にあるものが知りたい。彼のこともっと知りたかった。

やがて呼吸も元に戻る頃、アデリシアが遠慮がちに談話室にやってきて、リンゼイの隣に腰を下ろしながら心配そうに言った。

「レナルドさんから聞いたけど……リンゼイはそれでいいの？　婚約した時も、解消した時もまたいろいろ言われるかもしれないのよ？　リンゼイの嫌いなパーティにレナルドさんの婚約者として一緒に参加することもあるだろうし……」

それがあったか、とアデリシアには分からないようにこっそりため息をついた。おそらくそこでリンゼイのことを気に入らない連中があれこれ言ってくるに違いない。それを思うと今から憂鬱《ゆううつ》になる。けれど……。

「まぁ、それはいつものことよ。あの人たちは私が何をしても気に入らないんですもの。それより心配してくれてありがとう、アディ。でも私は大丈夫。あなたがお世話になった人だもの、役立つことがあるなら協力するわ。それに、彼自身にも興味があるし」

「え、興味？」

アデリシアの顔がパァと明るくなる。彼女の考えていることが手に取るように分かって、リンゼイは苦笑した。

「あなたの思っているのとは違う興味よ。どうして女言葉を使っているのかとかね」

「妹さんたちの母親代わりをしていたからだって聞いたけど？」

「だけど、男言葉も使うみたいよ。……ああ、実は一度本屋であの人を見かけたことがあるの」

不思議そうな顔をするアデリシアにリンゼイは慌てて説明した。

「その時にはちゃんと男言葉だったと思う。だからあの口調も直そうと思えば直せると思うのよね」

もっともその時の口調は貴族とは思えない粗野なものだったのだが。もしかしてあれが本来の口調なのだろうか？

「そうなの？　私、レナルドさんが女言葉以外を話してるのなんて聞いたことがないわ！」

アデリシアが目を丸くした。

「確かにあの女言葉もびっくりするほど自然なのよね。だから興味があるの」

女言葉も男言葉も使う、麗人という言葉がぴったりな人。派手な服を着た女言葉の彼と、シンプルな服を着た粗野な男言葉を使う彼。……どっちが本当の彼なのだろうか？

リンゼイの興味は尽きなかった。

＊＊＊

一方、アデリシアがリンゼイに話を聞くために席を外したあとの応接室では、ジェイラントがレナルドに静かな口調で尋ねていた。

「それで？　ルドはリンゼイを使って一体何をするつもりなのですか？」

レナルドは眉を上げながらとぼけて言った。

「何って、説明したじゃないの。レイチェルに安心して嫁に行ってもらうために協力をしてもらうって」

けれどそれをジェイラントはあっさり一蹴する。

「レイチェルのはいつものことでしょう。だいたい婚約者にベタ惚れの彼女が嫁に行かないなどと本気で言うはずはないんですから。そのことは兄であるルドが一番よく知っているはず。つまり、リンゼイをわざわざ婚約者に仕立てあげるほどのことではないということです。別に理由があるのでしょう？」

「……一目惚れして、自分の傍に留めておきたいからというのは？」

「一目惚れ自体は否定しませんよ。私もアデリシアに一目惚れに近かったので。でもルドはたとえそうであっても、近づくのにそんな回りくどい方法は採らないでしょう」

ジェイラントの確信の籠った口調に、レナルドは舌打ちした。

「幼馴染みって嫌ねぇ、すっかり手の内知られてるんだから」

「お互い様ですよ。それで？　何が目的ですか？」

レナルドは観念したように吐息をついた。

「仕方ないわね、まぁ、どっちみちあんたにはそのうち言うつもりだったから」

それから居住まいを正して、レナルドは真剣な眼差しでジェイラントに言った。

「少し前に、うちの図書館から価値のある本が何冊か紛失してるって言ったでしょう？」

「ええ、盗まれたかもと言ってましたね」

レナルドが副館長を務めている王室図書館の開架してある蔵書から、少しずつ価値の高い本が抜かれていることに気づいたのは、少し前のことだった。

王室図書館では本当に貴重な本は特別室に入れてあって、おいそれとは取り出せないようになっている。けれど、一般の棚の蔵書の中にも特別室に入れるほどではないが多少は価値のある書物があり、誰もが自由に手に取れるようになっていた。そういう本が狙われたのだ。

「あれからも被害は続いていてね。蔵書が多いだけに把握しきれていないけど、そこそこの数がやられていると思う。まったく、身元の確かな人間しか入ってこられないはずだからと油断していたらこのザマよ」

王室図書館は王城の中にあって、城に勤めている人間や、出入りできる者しか利用できないようになっていた。

「犯人の目星はついているんですか？」

「ええ、十中八九アイツだと思う。アデリシアの前に図書館に司書として勤めていて、アタシにクビにされた馬鹿がいたでしょう。ダニエル・ショーソンという名前の」

　ジェイラントが眉を上げた。

「ああ、エドゥアルトの腰ぎんちゃくですか」

　エドゥアルトとはエドゥアルト・フォルトナー侯爵のことで、ジェイラントを一方的に敵視している、性格と性癖に多少難ありの男だ。

「ええ、正確には腰ぎんちゃくだった奴。父親のショーソン子爵が、フォルトナー侯爵家から運営の一部を任されていた投資用の資金を着服したってことで、父子ともども放逐《ほうちく》されたからね」

　横領をした父親はもちろんだが、その息子のダニエル自身も素行が悪かった。勤務態度は褒められたものではない上に、図書館の人気《ひとけ》のないところで若い侍女に乱暴しようとしていたのだ。悲鳴を聞きつけて助けに入ったレナルドに同意の上だとほざいていたが、怯えて真っ青で殴られた跡のある少女の姿のどこが同意なのか。怒ったレナルドはその場ですぐダニエルをクビにした。元々妹のレイチェルにもつきまとっていて気に入らなかった相手だ。何の躊躇《ちゅうちょ》もなかった。

「ではこれはクビにされた怨《うら》み、ですか」

「でしょうね。確かに素行は最悪だったけど、本に関して多少は知識があったから、価値のある本ばかり狙うのは頷けるわ」

言いかえれば、価値のある本ばかり盗まれているからこそ、犯人に本に関する知識があることが分かるのだ。だからすぐに犯人の見当がついた。

「クビになってからもうちの司書が何度かあいつを図書館内で見かけているそうだから、ほぼ確実ね。ただ、向こうもこちらの行動パターンを知っているから、盗まれている場面は確認してないの。だから迂闊に捕まえることもできない。現行犯じゃないとね。だけど、重要なのはそこじゃない。問題は盗まれた本が外国で見つかったってことよ」

「外国で？」

ジェイラントの顔つきが変わった。彼にもこれが単純な盗難事件ではないと分かったのだ。

「渉外員の一人が、外国のオークションに出されていたうちの蔵書を見つけたのよ。所蔵印は削り取られていたそうだけど、間違いないそうよ。その本を苦労して手に入れた本人だったからね。それでその本がどういうルートでオークションに出されたものか調査させたのよ。いろいろな場所を経て持ち込まれたらしくて、たどるのは大変だったようだけど、最終的にはその本が正規の貿易ルートによってその国に持ち込まれたことだけは突き止めたそうなの。それも特別御用品としてね。ただそうだという推測だけで、当然書類は残ってないし、その書類を誰が発行したかは分からない」

「特別御用品……だから、ベイントン商会というわけですか」

ジェイラントが顔を顰めながら呟いた。

今この国を含む周辺諸国では、正規品であっても持ち込まれる荷についてはかなり厳しいチェックが行われている。内乱が起きたかの国の政情不安をきっかけに、盗品や非正規に持ち込まれた品物が横行したためだ。そのため、陸でも海でも持ち込まれる荷物の書類と中身を厳しく調べられている。それはベイントン商会ほどの大きくて信用のある貿易会社も例外ではない。

だが、唯一ほぼノーチェックで持ち込みができる荷が存在する。それが、王侯貴族から特別に注文された特別御用品と呼ばれる種類の品物だ。一般の目に触れさせてはならない品物が積まれているため、書類のチェックだけで関所を通すことができるようになっている。中身の確認もない。ただ、それだけに、その書類の発行も一部の限られた人間にしかできないようになっていた。それもベイントン商会のように信用と実績がある会社だからこそできる特別な措置だ。

「それが悪用されているとなれば……大問題ですね」

特別御用品という、信用で成り立っている制度を悪用したとなれば、ベイントン商会の信用の失墜は免れないだろう。

「下手をすればベイントン商会は潰れるわ。そうなると我が国の経済もかなり影響を受けるでしょうね。だからこそ公にしないでこっそり動くしかないわけ」

「だからリンゼイに婚約者になるように仕向けたわけですか。でもベイントン社長は今実務から離れています。その娘の婚約者に収まっても内情を探れるとは思えませんが……」

　レナルドはその言葉に苦笑して手を振る。

「内情を簡単に探れるとはアタシだって思ってないわよ。アタシが考えているのは、リンゼイからじゃなくてダニエルからの線よ。あいつがベイントン商会の誰かと直接繋がっているなら、アタシとリンゼイの婚約を知ったら大いに慌てるはずでしょう？　その相手に連絡を取るとか、何らかの動きを見せるはずよ。それに、直接繋がっていなくても、ベイントン商会のその誰かはアタシとリンゼイの婚約のことを知れば少なからず警戒するはず。こちらの思惑を探るために何か動きを見せるかもしれない。その動きを知るために、アタシはあの子の近くにいる必要があるわ。そのための仮の婚約よ」

「……やれやれ。会うのを渋っていたルドがいきなり会わせろと言い始めたと思ったら。そんなことのためにリンゼイをあなたに紹介したわけじゃないんですけどね」

　ため息をつくジェイラントに、レナルドは口を尖らせた。

「仕方ないでしょ。他に打つ手がないんだから、藁《わら》にも縋《すが》るわよ。確かに利用させてもらうのは悪いと思うけど、ベイントンという名を持つ限り、あの子だってこの問題に無関係というわけにはいかないわ。父親の会社のことなんだから」

　もちろんレナルドは、ベイントン社長やリンゼイがこの件に関わっているとは思っていない。社長は会社の実務から離れているし、そもそもそんな悪事に手を染める人物でもないことは分かっている。だが周囲はどうだろうか？　相手の正体がよく分からない以上、リンゼイを上手に使って向こうのことを把握していくしかないのだ。

「ダニエルが犯人だと目星をつけた時には、せいぜい国内の本屋に売るくらいが関の山だと思ったんだけどね。だからロイド爺さんに頼んで書店の仕入れルートに紛れ込んでいないか探ってもらっていたのに、まさか、海外、しかも特別御用品が出てきちゃね」

そう呟いて、レナルドは自分の頭をガシガシと掻いた。

「正直面倒なことになったと思ってるわ。予想していたより根が深そうだから。とりあえず、盗まれた本のルートに関しては、ランダルに調査に向かわせたわ。あの子は本を探し出すことに関しては天賦の才があるからね。こういうことにはもってこいよ」

「ランダルから最近連絡がないのはそのせいですか」

やれやれとジェイラントは肩を竦めた。ランダルはアデリシアの双子の兄で、ジェイラントにとっては義兄に当たる。実態は手のかかる弟みたいなものだが。

「そう、うまくすれば特別御用品の書類も探し出せるかもしれない。そうなればベイントン商会に背信行為をしているのが誰かはっきりする。その結果、事と次第によってはあなたの上司である宰相閣下のお手を煩わせることになるかもしれない」

国を跨いでの問題になるかもしれないのに、ベイントン商会を潰さないように内密に処理しなければならないともなると、さすがにジェイラントとレナルドだけでは手に余る。

「わかりました。彼に伝えておきましょう。ところであなたの上司である図書館長には、このことを？」

その問いかけに、ほとんど図書館には出勤してこない上司を思い出しながら、レナルドは頷く。

「事が事だけに、伝えないわけにはいかないでしょ」

いくら仕事をレナルドに丸投げしていようが、図書館の最高責任者は彼だ。レナルドには報告の義務があった。

「それで、何と？」

「『任せる、責任は持つから、自由にやれ』ですって」

「おやおや。お墨付きですか」

ジェイラントはくすっと笑うと、不意に真顔になって言った。

「そういう事情なら、あなたのやることに私は口出ししません。ですが、リンゼイはアデリシアの大切な友達です。……傷つけないで下さいね」

レナルドは顔を顰めた。

「ちょっと、聞き捨てならないこと言わないでよ。アタシは女性には優しいわよ！」

「普段はね。でもいざとなったら、女性相手だろうがとことん冷酷になれるのを知ってますので」

レナルドはふんっと鼻を鳴らす。

「それは敵にだけよ。リンゼイは敵じゃないわ」

「へぇ、では何です?」

眉を上げて問うたジェイラントに、レナルドは嫣然《えんぜん》と笑って答えた。

「あの子は——俺の女だ」

3　秘密のレッスン

一週間後、リンゼイはレナルドに請われてクラウザー邸に足を踏み入れた。

「いらっしゃい、リンゼイ」

玄関先で彼女を出迎え、馬車を降りるのに手を貸すレナルドは、白いドレスシャツに紺のトラウザーズという出で立ちだ。ただ、スタンレー侯爵家で会った時のような派手さはなく、白いクラヴァットもシャツの袖のカフスもレースではない、いたってシンプルな装いだった。初めて会った本屋での服装に近い。

「お招きありがとうございます。レナルド様」

地面に降り立ったリンゼイは同じく出迎えてくれている使用人たちの視線を意識しながら、淑女の礼を取った。ここでは、他人の目がある時はリンゼイはレナルドの「婚約者」でいなければならないのだ。

「ようこそお越しくださいました。リンゼイ様」

家令らしき年配の男性が前に進み出て頭を下げた。その顔に義理ではない歓迎の笑みが浮かんでいるのを見てとって、リンゼイはホッと安堵の息を吐く。貴族の使用人の中にはリンゼイが元は商人の娘だということを知っていて、口では歓迎していてもあからさまに侮蔑《ぶべつ》の視線を向ける者もいるのだ。使用人は主人の鏡のようなもの。おそらく主人がそういう考えを持っているから、使用人もそれに倣《なら》うのだろう。でもここではそんな視線を向ける者はいないようだ。

「大丈夫って言ったでしょ？」

リンゼイの手を取って屋敷の中に導きながらレナルドが周囲に聞こえないように小さな声で囁いた。彼女がらしくもなく緊張しているのに気づいていたらしい。彼の妹のレイチェルに婚約者だと認めてもらうこと、それがこの取引の肝心な部分なので、さすがのリンゼイもいつものように「嫌うならご勝手に」という気持ちにはなれなかったのだ。彼女は小さく頷いた。

「この分なら妹さんにも歓迎してもらえそう」

「心配いらないってば。むしろ応接室であんたが来るのを大人しく待つように言い聞かせるのが大変だったくらいなんだから」

そう言うと、レナルドは後ろを向いて家令に指示した。

「リンゼイはアタシが案内かたがた応接室に連れて行くわ。それから、このあとあの子は婚約者のところに行く予定なんでしょ。頃合いを見計らって呼びに来てちょうだい」

「畏《かしこ》まりました」

家令はレナルドとリンゼイに向かって一礼すると、踵を返した。それを機に出迎えてくれていた他の使用人たちも動き始める。

実は今日という日を顔合わせに選んだのは、レナルドの妹のレイチェルが婚約者に会いに行く予定があるからだった。彼女と接する時間をなるべく短くして、リンゼイの負担を軽くしようというレナルドの心遣いだ。

「さ、行きましょう。応接室は二階よ」

レナルドに手を引かれながら、リンゼイは玄関ホールにある大きくて立派な階段を上り始めた。階段の正面の壁に飾られている大きな肖像画は、初代クラウザー伯爵のものだろうか。その肖像以外にも、階段や廊下の壁に等間隔に肖像画が飾られていた。レナルドによると、代々のクラウザー家当主とその妻や子供たちのものだという。ということは、この中のどれかにレナルドの父母であるクラウザー伯爵と夫人の肖像画もあるに違いない。

一つ一つに目をとめながら二人は廊下をゆっくりと進んだ。

「あら？」

広くて長い廊下を中ほどまで進んだリンゼイは、とある肖像画の前で足を止めた。モスグリーンのドレスに身を包んだ一人の女性が優雅に微笑んでいる絵だった。結い上げられた髪は艶やかな栗色、長い睫毛から覗く瞳は光の加減によって青にも紫にも見える菫色だった。そしてこの顔と色彩は――。

「女装したレナルドさん？」

口にしたとたんに片方の頬をつねられた。

「い、痛っ」

「誰が女装だ、こらぁ。アタシは女装なんぞしたことないわよ！　これはアタシの母親よ！」

「レナルドさんの、お母様……」

つねられてジンジン痛む頬を手で押さえながら、リンゼイはその肖像をじっと見つめた。言われてみれば、レナルドに比べたらずっと線が細い。それに顔立ちや色彩はまったく同じだが、受けるイメージが若干違っていた。肖像画の方は生身のレナルドより品があり、女性らしい優雅さと繊細さを伝えてきている。ところがレナルドには繊細さはまったく感じられず、けれど肖像画の夫人よりもっと華めいて、妙な色気まであった。いつだったか、外国で男性だけが出演する芝居を観たことがあり、そこで女性役をやっていた役者が本物の女性より艶っぽく見えることに驚いたものだが、彼にはそれに通じるものがある。もっとも、レナルドは容姿と言葉遣いこそ女性っぽいが、服装や中身はれっきとした男性だ。

リンゼイはたおやかに微笑むその女性と、その隣に対になるように飾ってある男性――おそらくレナルドの父親である現クラウザー伯爵――の肖像画を交互に見ながら言った。

「レナルドさんはお母様似なのですね」

母親似というか瓜二つと言ってもいいくらいだ。ここまで息子が母親に似ているのも珍しいだろう。

「そう、母親似。男なのに、母親の顔をそっくり受け継いじゃったわけよ。妹たちですら、これほど母には似てないのにね」

「確か……お母様は十年ほど前に亡くなったと……」

婚約者を演じるにあたりレナルドの家族構成はすでに頭に叩き込んである。レナルドの母親はまだ少年の彼と幼い妹たちを残して病気で亡くなった。父親は存命だが、ここ数年身体を壊して遠い領地にある本宅で療養中だ。妹は前に本人から聞いたように三人いて、そのうちの二人はすでに他家に嫁入りし、王都にあるこの屋敷にはレナルドと末妹《まつまい》のレイチェルだけが使用人と共に生活している。

「そう、流行病であっという間にね……」

レナルドは母親の肖像画を見上げながら何かを懐かしむように目を細めて言った。

「アタシ……昔はこの顔が大嫌いでね。こんな顔に産んだ母を恨んだこともあったのよ」

「え？」

びっくりしてリンゼイはレナルドを見上げた。とてもそんな風には見えなかったからだ。むしろその顔立ちを活かすような服装をしている気さえするのだが……。疑いの目を向ける彼女を見下ろしてレナルドは苦笑する。

「ずっと昔、子供の頃のことよ。男なのに女顔だというのでバカにされることが多くてね。母に、なんでこんな顔に産んだんだって、よく悪態ついてた。そのたびに母は『ごめんね』って悲しそうに謝って……。別に母だって望んでこんな顔に産んだわけじゃないのにね」

そう言ってレナルドは自嘲《じちょう》するように笑った。

「この顔のことでよく喧嘩《けんか》もしたわ。そのたびに母に迷惑と心配をかけたものよ。……本当にね、今から思うと馬鹿だったと思う。結局最後まで心配かけたまま、逝《い》かせてしまったわ」

「レナルドさん……」

リンゼイは何と言っていいか分からなかった。肖像画を見上げるレナルドの姿に痛々しさを感じてなぜか胸が詰まる。そんな彼女にレナルドは明るく笑った。

「ま、だけど、母が亡くなったあと、寂しがる妹たちの多少の慰めにもなったみたいだから、悪いことばかりじゃないわ。今ではこの顔の利点も分かってるし、何より母から受け継いだものだからね。さ、そろそろ行かないと、レイチェルが応接室から飛び出してくる頃よ」

そう言うとレナルドはリンゼイの肩に手を回して歩き始めた。それにつられて歩き出しながらも、リンゼイはなぜか彼の母親の肖像画が気になって仕方なかった。

「あなたがリンゼイ？　私はレイチェルよ、よろしくね！」

応接室に入ったとたん、一人の女性が突進してきてレナルドを押しのけ、リンゼイの手を取った。

「レイチェル、あんたねぇ……」

無理やり割り込まれ、リンゼイと引き離されたレナルドが苦虫を噛み潰したような顔をする。突然の出来事に目を丸くしていたリンゼイはハッとしてその女性に挨拶《あいさつ》した。

「リ、リンゼイ・ベイントンです。私の方こそよろしくお願いします」

正式な紹介こそまだだが、何も言われなくてもこの女性がレナルドの妹であることは一目で分かった。ダークブラウンの髪に、明るい緑色の瞳。纏《まと》っている色彩は違うが、繊細な顔立ちは母親譲りらしくレナルドとよく似ていたからだ。

「そんなに畏まる必要はないわ。何しろ義理の姉妹になるんですからね！」

それからレイチェルはリンゼイの手を取りながら彼女の上から下まで目を走らせると満面の笑みを浮かべる。

「さすが、ジェイラントお兄様だわ、お兄様の好みバッチリじゃないの！」

「ちょっと、そのリンゼイを捕まえたアタシに対しての言葉はないの？」

「友人に紹介されないと自分の結婚相手も見つけられない人は黙っていてくださいませ」

「アタシは見つけられないんじゃなくて、見つけようとしてなかっただけよ！」

「見つけようと思っても、お兄様じゃ見つけられなかったのではなくて？」

「アンタねぇ……」

その軽快なやり取りにリンゼイは思わずくすっと笑った。と同時に緊張でこわばっていた身体から力が抜けていく。レイチェルの態度や言葉には歓迎の意しかないと分かったからだ。リンゼイは彼女に受け入れてもらえたのだとホッとした。

するとレナルドがリンゼイの笑みに気づいて顔を顰めながら言った。

「ほら、笑われたじゃないの。ああ、リンゼイ、今更言う必要もないけど、この子がアタシの末の妹のレイチェルよ。無作法でごめんなさいね。……ちょっと、あんたいつまでリンゼイの手を取ってるのよ」

レナルドはリンゼイの手を取って、レイチェルから引きはがして自分の傍に引き寄せる。レイチェルはレナルドを睨みつけて「ケチッ」と悪態をついたあと、リンゼイにはうって変わってにこやかに続けた。

「独占欲強いし、心の狭い兄でごめんなさいね、リンゼイ。あ、そうそう、今回急なことだったので、姉二人と領地にいる父はこの席に来られなかったけれど、うちの家族は皆あなたのことを歓迎しているわ。これは社交辞令ではなくて、本当のことよ。何しろこのお兄様と一緒になってくれるという奇特な人……いえ、心優しい人なんですもの、歓迎しないわけがないわ！」

えらい言われようだが、ここにはいないレナルドの家族も、諸手《もろて》を挙げてリンゼイのことを歓迎してくれているというのは感じ取ることができた。

「ありがとうございます」

「婚約式にはぜひとも皆参加したいって……ところで婚約式はいつなの？」

リンゼイとレナルドはそのレイチェルの言葉にさっと視線を交差させた。

庶民はその限りではないが、この国の貴族は当人たちがただ結婚の約束をしたというだけでは婚約は成立しない。両家の家長が婚約の宣誓書にサインをし、それを国に申請し認められて初めて婚約が成立するのだ。そして宣誓書の調印には両家の家族が一堂に会して行う婚約式が必須だ。だから今の時点では婚約式も行っていないリンゼイとレナルドは、正式に婚約したわけではない。口約束をしているだけにすぎないのだ。だからレイチェルが婚約式の予定を尋ねてくるのはごく当然のことだった。

だが、本当に婚約するわけではないリンゼイとレナルドに、婚約式をやる予定などあるわけがない。けれど、このことについては前もって打ち合わせてあった。

「リンゼイのご両親が外国に視察旅行に出ているのよ。だから帰ってくるまで婚約式は行えないわ。もうしばらくあとになるでしょうね」

レナルドがさらっと言った。

もちろん隠しておくわけにはいかないので、レナルドの許可をもらって、リンゼイは両親に事の次第を説明した手紙を送った。ゴードンであるのが知られたことや、取引のことは内緒にして。あと、これはレナルドには伝えていないが、名づけ親にもこっそり知らせた。彼は貴族なのでリンゼイの婚約のことを耳にしてしまう可能性が高いからだ。

外国にいる両親と違って国内にいる名づけ親からはすぐに返事がきた。リンゼイが決めたことなら反対はしないが、君の名誉のことは心配だ。もし何かあったら遠慮なく頼ってくれてもいいと。両親がいない時にいろいろとんでもないことに首を突っ込んでしまった自覚のあるリンゼイにとっては、この励ましは心強いものだった。

「そう、ご両親がいらっしゃらないのなら仕方ないわね」

レイチェルはレナルドの説明に納得したようだった。何しろ家長が不在なら婚約式ができるはずもないことは貴族である彼女の方がよく分かっているだろう。

「私が嫁ぐ前に婚約式が間に合えばいいのだけれど……。あ、そうだわ。招待するので、私の結婚式にはぜひいらしてね、リンゼイ！」

「は、はい」

ほんのちょっとの間だけレイチェルの前で演技をすればいいと思っていたのに、結婚式に招待だなんて……。ますます事が大きくなっていくのに内心怯《ひる》みながら、リンゼイは仕方なしに頷く。けれど頷いてから、自分が招待されることに難色を示す人間が多いことを思い出し、思わず言っていた。

「あのお気持ちは嬉しいのですが……私を招待すると良い顔をしない方がいると思います。ご存知かもしれませんが、当家は貴族の方々にあまり評判が良くありませんので……」

けれどレイチェルはその心配を、手を振って笑いながら一蹴した。

「そんなの気にすることはないわ。私も私の嫁ぎ先もそんなことを気にする人たちじゃないし。何しろこのレナルドお兄様と縁続きになることをまるで気にしない方々なんだから」

そう言って胸を張る。どうやらリンゼイを気遣ってくれているようだが……。引き合いに出されたレナルドは盛大に顔を顰めた。

「あんたね、実の兄に向かってその言い草は……」

説教をしようとしたその時、控えめに応接室の扉が叩かれ、先ほどの家令が姿を現した。

レナルドはキョトンとする。

「あれ？　もうレイチェルが出かける時間？」

だが家令はそれには首を振り、少々困惑気味な顔で言った。

「たった今、若様に会いに使者の方がいらっしゃいまして……」

「使者？　誰の？」

「トルーマン伯爵様からです」

リンゼイは聞いたことがないその名前に、けれどレナルドはサッと顔色を変えた。

「館長から？」

どうやらトルーマン伯爵というのが、レナルドに仕事を丸投げしてめったに出てこない王室図書館の館長らしい。レナルドはリンゼイとレイチェルに言った。

「ちょっと行ってくるわ。なるべく早く帰ってくるけど、その間リンゼイのことはよろしく頼むわね、レイチェル」

「任せて、お兄様」

「だけど、くれぐれも余計なことは言わないよう。リンゼイを困らせるんじゃないわよ」

そう釘を刺してレナルドは慌ただしく応接室から家令と共に姿を消した。レイチェルはその姿を睨みつけるような目で見送っていたが、パタンと扉が閉まると同時にリンゼイに明るい笑顔を向けた。

「さて、これで邪魔者はしばらく帰ってこないわ」

リンゼイをソファに座るように促しながら、こう付け加える。

「いろいろ聞きたいことや話したいことがあるの」

来た、と思いながらリンゼイは背筋を伸ばし緊張しながらソファに座った。突然、兄の相手として出てきたリンゼイのことを、根掘り葉掘り聞こうとするのは妹として当然だ。だが、本当の婚約者ではないリンゼイには気が重くて仕方なかった。いや、たとえ本当の婚約者だったとしても……。

リンゼイの向かいに腰を下ろしたレイチェルはくすっと笑った。

「何も取って食おうというわけじゃないわ。お兄様と結婚する気になった理由とかを知りたいだけ。ジェイラントお兄様に紹介されたからって、簡単にお兄様に決めちゃっていいのかな、と。だってお兄様はあんな人でしょう?」

リンゼイはその言葉に首を振った。確かにあの女言葉は結婚相手としてはマイナスになるだろう。けれど、彼女はまったく気にならなかった。

「いいえ、レナルドさんは立派な人です。知識が豊富だし、本のこととか話していてもとても楽しいですよ。それにあの言葉遣いも、彼に合っていると思います」

最初会った時は普通の言葉遣いだったから、あの女言葉を聞いた時には確かに驚いた。けれど、慣れた今は違和感はない。それどころか女性らしい顔立ちのせいか、妙に似合っているとさえ思う。

リンゼイの答えを聞いてレイチェルは嬉しそうに笑った。

「ジェイラントお兄様がお兄様にぴったりの人だと太鼓判を押していた通りね。私はずっと、お兄様のあの容姿も言葉遣いも、お兄様の個性だと理解してあげられる人が現れるといいなと思っていたの。だけど、貴族の女性の多くはお兄様の言動に眉を顰めるのよね。気にしないという人も、伯爵家の嫡男っていう身分目当ての女性ばかり。でもそんな女性はお断りよ。お兄様自身を好きになってくれる人じゃないと」

レイチェルはふうとため息をついた。

「私たち姉妹はお兄様に育ててもらったようなものだから、お兄様には幸せになってもらいたいのよ。そもそもあの言葉遣いだって私たちのせいだしね」

「母親がわりをしていたとは聞いていますが……」

リンゼイは目を丸くした。あの言葉遣いがレイチェルたちのせい？　そんな彼女にレイチェルは苦笑した。

「お兄様だって、生まれた時からあの言葉遣いだったわけじゃないわ。昔はちゃんと男言葉で話していたのよ。だけど流行病でお母様が亡くなった時、幼かった私たち姉妹はお母様に瓜二つだったお兄様に、その代わりになることを求めてしまったの。お母様のようにお話しして、そうじゃなきゃ嫌ってねだったのよ。それからよ、お兄様が女言葉を使うようになったのは。それに私たちもお兄様が女言葉を使うと言うことをきいたから……。それが長じるにつれすっかり定着しちゃったわけ。だから私たちのせいなのよ」

「そうだったんですか……」

けれどリンゼイは、それがすべての理由じゃないと感じていた。なぜなら彼は本屋では普通の言葉遣いだったからだ。意識して男言葉にしていたのかもしれないが、その口調にぎこちなさはなかった。彼が男言葉も普通に使っているという証だ。本来は男言葉だったというから、つまり、敢《あ》えて普段は女言葉にしているということになる。そしてそれはレイチェルが言っていた以外に何か別の理由があるからに違いない。

「……レナルドさんって昔はどんな感じだったのですか？」

リンゼイが好奇心に負けて思わず尋ねると、レイチェルは記憶を探るように少し上を向いて考えたあと、予想外のことを言った。

「とてもピリピリしていたわ。尖《とが》ったナイフみたいに鋭くて、あまり人を寄せ付けようとしなかった。だから、小さい頃はお兄様がちょっと怖かったの。もちろん、私たちに対して酷い態度を取ることはなかったんだけど」

「尖ったナイフ……ですか？」

思わぬたとえに面食らう。あの面倒見のよさそうな「お姉さん」という感じの彼が？

リンゼイが予想していたのは今のままで男言葉を使う彼だったのに。けれど、レイチェルの話だと今とはまるで違っていたような印象だ。

「そうよ。お父様とよく喧嘩をしていたし、お母様とも全然話そうとしなかった。どこかに出かけて帰ってこないこともしばしばだったわ。今のように丸くなったのはお母様が亡くなってからよ」

　母親。また母親だ。女の言葉遣いになったのも母親代わりになったのがきっかけだった。尖ったナイフのようだったという彼が変わったのも母親の死がきっかけなのだろう。

「私はその時まだ小さかったけれど、お兄様が私たちのためにその時出来る限りのことをしてくれたのは覚えてる。だから私は今のお兄様が好きよ。女言葉だろうが、お節介で口うるさかろうがね」

　レイチェルはリンゼイをまっすぐ見ながら言った。

「だからお兄様を見た目や口調だけで判断する人は嫌い。けれど、お兄様が自分で選び、そのままのお兄様を受け入れてくれる人なら、私はそれがどこの誰だろうと歓迎するわ。私たち家族にとって大切なのはそれだけなの」

「レイチェル様……」

「ったく、あの狸《たぬき》親父！　どこでどう聞き及んできたのやら！」

　突然応接室のドアが開き、レナルドがつかつかと部屋に入ってきた。館長の使いとの話は終わったらしい。レイチェルが顔を顰める。

「お兄様ったら、ノックくらいしてちょうだい」

「ああ？　自分の屋敷なんだからいいでしょ。それはそうと、レイチェル、あんたはそろそろ出かける時間よ」

よくよく見ると、レナルドの後ろ、応接室の扉のところには家令の姿があった。どうやらレナルドの指示どおり、レイチェルを呼びに来たところだったらしい。

「もう時間なの？　まだまだほんの少ししかお話ししてないのに！」

そう文句を言いつつも、レイチェルはソファから立ち上がる。

「仕方ないわね。リンゼイ、次はもっとゆっくりお話ししましょうね」

「はい」

けれど、扉に向かったレイチェルはふと足を止め、リンゼイを振り返って悪戯《いたずら》っぽく笑った。

「義理の姉妹になるのだから、私に様はいらないわ、これからはレイチェルって呼んでね」

レイチェルが扉の向こうに姿を消すのを確認すると、リンゼイはその顔に張りつけていた微笑みを消してため息をついた。レナルドが目ざとくそれに気づいて眉を上げる。

「何浮かない顔しているの？　アタシがいない間、レイチェルに何か言われたの？」

リンゼイは首を横に振った。

「違います。とてもよくしていただきました。だからこそです……」

レイチェルの言葉の端々には、リンゼイを元商人の娘という身分にかかわりなく、レナルドの婚約者として、家族として受け入れるという気持ちが表れていた。それがものすごく嬉しくて、けれど同時に心苦しいのだ。リンゼイはレナルドの本当の婚約者ではなくて、仮の婚約者にすぎないのだから。

「温かく受け入れてくれたレイチェル様を騙《だま》しているのかと思うと……」

そう言ってリンゼイはそっと唇を噛む。彼女にとって「身分に関係なくリンゼイとして」受け入れられることは大きな意味を持っていた。

貴族たちに受け入れられない理由が自分の性格や言動など、努力すれば何とかなることが原因ならまだよかっただろう。なのに、身分というリンゼイにはどうすることもできないことで判断されて値踏みされ、そして締め出されてしまう。アデリシアのように身分に関係なく自分を友として受け入れてくれる人はとても少ないのだ。

だからこそ、リンゼイにとってレイチェルが示してくれたような好意はとても大きな意味があり、それゆえに心苦しくて仕方なかった。

「今更ですけど……本当にこの方法は正しかったのですか？」

確かにレイチェルはレナルドを心配している。けれど、こんな騙すような方法で安心させて、結局は落胆《らくたん》させてしまうのは、本当に正しいやり方なのだろうか？

レナルドは思い悩むリンゼイの傍まで来ると、その頭にポンと手を乗せた。そして見上げるリンゼイに静かに問いかけた。

「ねぇ、あんたにこの話を持ちかけたのは誰？　婚約者になれってあんたに言ったのは？」

「……レ、レナルドさんです」

「そうよ、全部アタシが最初に言い出してあんたに強要したの。あんたは同情してそれに乗ってくれただけ。悪いのはアタシでしょ。あんたが気にやむ必要はないのよ。それにあの子なら、なぜこんなことをしたのかちゃんと理解してくれるわ」

それは兄妹だからだ。けれどリンゼイは違う。騙されていたと知ったらきっとリンゼイに対するレイチェルの態度は変わってしまうだろう。それは初めから分かっていたことなのに、レイチェルと会って好意を抱いてしまった今はそれが怖い。

「あんたに対するあの子の態度も変わらないわよ。アタシの妹を舐めるんじゃないわよ。芝居だと知ったらそれを真実にするべくあんたに働きかけるに決まってるんだから。……それとも、いっそ真実にしてしまう？」

「え？」

驚くリンゼイに、レナルドは笑ってみせる。けれど、それは艶やかで妙な色気の籠った微笑みだった。

「嘘を真実にしてしまう？　本当に婚約してもアタシは構わないわよ？」

婚約を正式な形にするということは……つまり、リンゼイと結婚してもいいということだろうか？

——結婚？　この綺麗な人が……夫になる？

「……それは……」

戸惑うリンゼイの表情を見下ろして、レナルドがぷっと吹き出した。とたん彼が発していた艶っぽい雰囲気が掻《か》き消える。

「もう、冗談よ、冗談！　あんたがあまりにも辛気臭い顔してるからさ」

笑いながらレナルドはそう言うと、リンゼイの腕を取って立たせた。

「さ、行くわよ」

「じょ、冗談？　え、どこへですか？」

引っ張られるまま扉に向かいながら、突然の話題の転換にリンゼイはついていけないでいた。そんな彼女をよそに、レナルドは応接室を出ながら楽しげに笑って答える。

「もちろん、あんたの部屋によ。あと、軽く屋敷の中を案内するわ。何しろこれから何回も来ることになるんだから」

その言葉に、リンゼイの中からレナルドの言った「冗談」のことが吹き飛んだ。

「わ、私の部屋？」

「そうよ、必要になるだろうからってレイチェルが整えた部屋よ。我が妹ながら仕事が速いわ。あの子、あんたをここに繋ぎとめようと一生懸命なのよ」

「そ、それは……笑い事ではないです、レナルドさん！　なんで止めなかったんですか！」

これほどの好意を示されたら、ますます騙しているのが心苦しくなってしまう。けれど、レナルドは気楽に笑うだけだ。いや、気楽どころか楽しげですらあった。

「部屋なんていっぱい余ってるんだから、気にしなさんな。それに、あの子があんなに楽しそうに用意してるのに止められるわけないでしょ」

「それは、そうですが……」

「それより、ちゃんと部屋の位置関係を覚えておきなさい。この屋敷は広い上に分かりづらい構造になってる場所があるから、迷子になるとなかなか戻ってこられなくなるわよ」

「わ、わかりました」

部屋については言いたいことが山ほどあったが、よその屋敷で迷って迷惑をかけたくないという思いからリンゼイは口をつぐんで位置関係の把握に努める。

レナルドはリンゼイを連れて来た通路を戻り、階段に出ると、そこからまた別の棟へ続く通路を進んだ。

アデリシアの話によると、このクラウザー邸はかなり広いらしい。ジェイラントとアデリシアが住むスタンレー邸もかなり大きいが、オーソドックスな造りなので迷うことはない。けれどここはレナルドの先祖が何代にもわたってその時代の流行を取り入れて建て増しを繰り返したおかげで、一部迷路のごとく複雑になっている場所があるという。かつてこの屋敷を訪れたアデリシアもそこに迷いこんでしまい、戻るのに苦労したらしい。

「ここよ」

幸いにもレナルドが立ち止まったのは、別の棟に入って少し通路を進んだ先にある扉の前だった。このあたりは一家が日常を営む居住区らしく、応接室がある棟の豪奢《ごうしゃ》な装飾とはまた違った雰囲気の一角だった。ここなら分かりやすく、迷うこともないだろう。

「ここがあんたの部屋よ。さ、どうぞ」

促され、中に入ったリンゼイは目を見張った。そこは女性らしい可愛い装飾に色どられた部屋だった。壁は花模様をあしらった淡い若草色の壁布で覆われ、柔らかで温かい雰囲気を醸《かも》し出している。部屋自体はそれほど広くはないが、壁布に合わせたのか緑色を基調とした天蓋付きの大きなベッドと、小さめのテーブルとソファが備えられてあった。そのどれもが品がよいデザインで豪華さはないがリンゼイの好みに合っている。

「ここは元々妹たちが親しい友人を泊めるために用意した部屋だったのよ。我が妹ながら趣味がいいと思わない？　だけど、上の二人は嫁入りしちゃったし、あの子ももうすぐここを離れてしまうから、気にせず遠慮なく使うといいわ」

「とても素敵です。ありがとうござい……」

お礼を言おうとして振り返ったリンゼイは、レナルドがいつの間にか真後ろに立っていたのに気づいて言葉を切った。

……いつの間に……!?

「礼を言うのはアタシの方。今日はありがとうね、リンゼイ」

艶のある声が真上から降ってくる。手が前に回されふわっと抱きしめられた。いや、抱きしめられたというより、腕の中に閉じ込められたといった方が正しいだろう。背中に触れる身体は厚みのあるドレス越しだというのに、なぜか温かく感じられ、それに気づいたリンゼイは小さく身を震わせた。

「アンタはちゃんと約束を果たしてくれた。今度はこちらが返す番ね」

胸がドキドキと早打ちする。この部屋に入るまでもずっと近くにいたが、こんな風に息がかかるほどの至近距離ではない。その近さはこの間の貪るようなキスを脳裏に蘇らせた。かぁっと、顔だけではなく全身の熱が上昇する。

「リンゼイ」

レナルドは屈みこんでリンゼイの耳に唇を寄せた。その声は少しかすれ気味で、そして妙に艶っぽい。

「アタシが言った通り、出版社に手紙は出した？」

吐息が耳にかかる。そのくすぐったさと熱さに、リンゼイは背筋を上ってくるゾワゾワとした感触に、身を震わせながら返事をした。

「は、はい」

彼女が断りの手紙をまだ出版社に送ってないと知ったレナルドは、リンゼイにその話を受けるように強く勧めた。自分が男と女の関係を教えるのだから、それを話に活かすべきだというのだ。確かに作品に活かせないかと思って引き受けはしたが、それがすぐに作品に結びつけられると考えていなかったリンゼイは躊躇した。けれど、レナルドの説得に最終的に折れたのは、彼がゴードンの作品をそれがリンゼイの書いたものだと知る以前から熟知しており、彼女の文で今までとは違う話を読みたいと言ってくれたからだ。

彼を唸らせるような話を書きたい。そう思った。それに……何となく、まだ形になってきていた。

はいないが、彼をモデルにしたヒーローを書いてみたいという思いも漠然《ばくぜん》と湧き上がって

「そう、いい子ね」

レナルドはそう言ってリンゼイの耳朶《じだ》に唇で触れた。リンゼイはハッと息を呑む。更に彼は歯を立て、優しく甘噛みしながら囁いた。

「レッスンよ、リンゼイ」

次の瞬間、リンゼイの背中に這い上がったものは、未知なるものへの恐怖ではなく、甘さを含んだ疼きだった。

レナルドはリンゼイをその腕に囲ったまま、ベッドの方に導いた。その天蓋付きのベッドに近づくにつれ心臓の音がどんどん大きくなる。

純潔を尊び、結婚するまで男女の営みなど何も知らされないのが普通の貴族の令嬢と違って、商人の娘であったリンゼイは寝室で何が行われるのか知っていた。庶民は性のことについては貴族より奔放なので、その手のことも自然と耳に入ってくる。その感覚に馴染んでいるリンゼイは、だから婚前交渉も悪いことだとは思わないし、純潔が嫁入りに必須だとは思っていない。けれど、リンゼイ自身は大商人の娘として大事に育てられた、いわゆる箱入り娘だ。耳年増ではあるが、経験などまったくない。唇へのキスだって、この間レナルドにされたのが初めてだ。そしてそのキスはリンゼイに、知っているのと経験するのとではまるで違うことを知らしめた。

この先に何が待っているのか、知りたい。けれど、なまじ知識があるだけに、不安になる。……これを知ったら自分は前の自分ではいられなくなるのではないだろうか？

けれど、当然ベッドに連れて行かれるものと思っていたら、レナルドはリンゼイをベッドの横に立たせて、壁の方を向かせた。リンゼイはそこにあるものに息を呑む。

壁には大きな鏡がはめ込まれていて、ベッドの前に立つリンゼイとレナルドの全身が映し出されていた。レナルドの背丈ほどもあるその鏡の縁には細かい彫刻が施されていて、かなり高価なものであることを窺わせる。壁の奥にはクローゼットもあることから、着替えたあと、全身を映して確認する目的で備えつけられたものだろう。

けれど、レナルドの目的が、鏡にただ自分たちの姿を映すだけではないことは明らかだ。

「レナルド、さん……？」

思わず後ろを仰ぎ見る。けれど、レナルドはリンゼイの顎を摑んで前を向かせると囁くように言った。

「ダメ、鏡を見て。鏡に映る自分の姿を。アタシに触れられて自分の身体がどう変化するのかを、その目でしっかり見ておきなさい」

その言葉に、リンゼイは思わず鏡に映るレナルドを見る。彼は妖艶な笑みを浮かべ、鏡の中のリンゼイを見ていた。鏡越しに二人の視線が交差する。その菫色の目に熱っぽい光を認め、リンゼイはふるっと震えた。その震えを勘違いしたのか、レナルドがリンゼイの耳にそっと囁く。視線は鏡越しのリンゼイにぴたりと当てながら。

「大丈夫、約束は守る。あんたは純潔を保ったままこの部屋から出ることができる。だけど、同時に、あんたは自分が女であることを、そして男に触れられることの意味を知ることになる」

それからレナルドはリンゼイの艶やかな黒い髪をかき上げ、前に回すと、無防備に晒された項にキスを落とす。リンゼイはビクンと震えたあと、レナルドがドレスの背中のボタンを次々と外していくのに気づいて狼狽えた。

「レ、レナルドさん！」

「しぃ、黙って。大丈夫、あとでちゃんと元通りに留めてあげるから」

そう言ってリンゼイの戸惑いをよそにレナルドはドレスのボタンをすべて外し終える。支えを失ったドレスはリンゼイの足下に落ち、コルセットと下着姿にされてしまった。続いてレナルドは今度はコルセットの胸元の紐まで外そうとする。

「レナルドさん！」

「アタシを見るんじゃなくて、鏡に映る自分を見ていなさい」

レナルドはリンゼイのコルセットを外し、これも下に落としてしまう。戒めから解放された形のよい乳房がぷるんと零れ出た。むき出しになった姿を鏡越しに見せられてリンゼイは狼狽え、思わず自分を抱きしめるように腕で膨らみを隠す。けれど、レナルドの目的はコルセットだけではなく、リンゼイの両手が使えないのをいいことに、今度はドロワーズのリボンまで外そうとしていた。

「ま、まって……！」

けれど、レナルドの手は止まらず、とうとうドロワーズまですとんと足下に滑り落とされ、瞬く間に一糸纏わぬ姿になった。

「ほら、あんたの身体はとても綺麗よ。隠さないでその目でちゃんと見なさい」

レナルドはリンゼイの腕を取って強引にどかせると彼女の耳に囁く。無防備に晒された自分の姿が鏡に映っていて、リンゼイは息を呑む。白くまろやかな膨らみの頂点には、淡いピンク色の乳輪とツンと尖った濃い紅色の乳首が見える。下に視線を動かせば、足の付け根には髪の色よりは薄い色の黒の茂みが、大事な部分を彼の目から隠していた。今まで鏡に裸を映したことなど当然なく、リンゼイは裸になった自分の姿を知らない。そんな彼女にとってその光景はめまいがするほど衝撃的だった。

「いい？　あんたは目を逸らさずに、アタシに触れられて自分の身体がどう変化するのかを、その目でしっかり見ておきなさい」

レナルドはそう言うと、片手を脇の下から前に滑らせて、リンゼイの膨らみを掴み、揉み始める。リンゼイは悲鳴を呑み込んだ。

「ひっ、あ、く……」

鏡の中では左の胸の柔らかな肉がレナルドの大きな手に包まれ、その動きに合わせて形をいやらしく変えていっているのが映っていた。触れられているのは胸なのに、なぜかお腹の奥も痛みにも似た疼きを訴える。お腹の疼きと連動して、胸の頂までがジクジクと熱くなっていった。レナルドは自分の手の中でぷっくりと腫《は》れたように膨らんでいくその頂《いただき》を指の間に挟んでグリグリと扱《しご》き始めた。

「ふぁ……！」

ズクンとお腹の奥に痺れが走るたびにリンゼイは上体を揺らす。いつの間にかもう片方の胸もレナルドの手の中にあり、両方の胸の膨らみと頂を弄《いじ》られていた。力が抜けそうになり、背後にいるレナルドの身体に寄りかかりながらリンゼイはその愛撫になすすべもなく翻弄された。

「あ、や、やぁ、んんっ」

指がきゅきゅと先端を摘み上げるたびにリンゼイは声を漏らす。その声はいつもの彼女の声とは違い、妙な甘さを含んでいた。それが恥ずかしくて、リンゼイは胸を弄られながら頬を真っ赤に染めた。

鏡の中では、両方の胸を弄られ涙目になりながら身体をくねらせる自分の姿があった。同じく鏡に映るレナルドは服を着ていて、なのに自分だけが全裸で無防備な姿を晒していて……。でもなぜか目を逸らせない。その刺激的な光景に、更に身体は熱くなっていく。

ふと鏡の中でレナルドと目が合った。うっすら笑みを浮かべる彼は美しく、けれど今は少しも女性のようには見えなかった。リンゼイの胸を覆う手も大きく骨ばっていて、紛れもなく男のものだ。

――男のレナルドと、女の自分。

背中がゾクゾクした。甘い何かが下半身を走り抜ける。

「あン、ん……は、ぁ……」

「あんた、とても敏感なんだな。……もっと触らせろ」

不意にレナルドの口から男の言葉が聞こえてきてリンゼイは目を見開く。そんな彼女をよそにレナルドはリンゼイの胸を抱えたまま後ろに数歩さがるとベッドに腰をかけた。つられて彼の膝の上に腰を下ろす形になったリンゼイは、彼の膝に足を割られて脚を大きく開くことになってしまい狼狽えた。

「いや……！」

思わず声を上げる。脚を開かされたことで、秘部を鏡に晒していることに気づいたからだ。とっさに閉じようとしたが、レナルドが片手だけリンゼイの胸から滑らせてそれを阻止したばかりか、もっと大きく開かせる。

「い、いや！　見ないで！　っ、ああ！　ダメ……！」

レナルドの手が脚の付け根に伸ばされるのを鏡越しに見て、リンゼイの口から悲鳴が上がる。探る様に差し込まれた指がぬかるみに埋まり、ぬちっと粘着質な音を立てた。

「すっかり濡れてる」

くすっと笑いが降ってきてリンゼイの顔が羞恥で真っ赤に染まった。そこはすでにリンゼイの胎内から溢れ出してきた蜜をたっぷりとたたえていた。

「ここ、弄られてそんなに気持ちよかったの？」

レナルドが笑みをこぼしながら胸の頂を指で挟んできゅっと扱く。

「……ああ！」

リンゼイの背中にゾワッと痺れが走った。その直後、奥から蜜がトロッと染み出してきて、レナルドの指を濡らしていく。その蜜を纏いつかせながらレナルドは蜜口にぐっとその指を差し込んだ。

「……ふぁ……！」

びりっとした痛みが走る。その痛みはすぐに消えたが、違和感は消えなかった。

今まで何も受け入れたことがない彼女の膣は、その異物を押し戻そうときつく締め上げるが、レナルドは構わず押し込んでいった。やがて奥まで差し込むと、慣らすようにゆっくりと出し入れを始める。

「あ、んんっ、や、やぁ……」

入れられているのはたった指一本だけ。けれど、慣れない感覚と消えない異物感にリンゼイの目に涙が浮かんだ。胸への刺激と違って気持ちいいとは思えなかったのだ。なのに、胸の先端をぐりぐりと刺激され、壁を擦りながらゆっくり出入りするその指の動きに、だんだんと変な気分になってくる。鏡には、乳房を弄られながら脚を大きく広げた女性が、赤く充血した秘部を抜き差しする指の動きに合わせて喘いでいる姿が映し出されていた。

その光景に更に刺激され、お腹の奥が疼きどっと蜜が溢れていく。ぬちゃっという湿った粘着質の音が更に大きくなっていった。

「……んぁ！」

中を探っていたレナルドの指がある一点を通りすぎた時、リンゼイの腰がビクンと跳ねた。再び同じ場所を擦られると背筋に何かが走り抜け、またもや腰が勝手に反応する。確信を得たレナルドの指がそこを執拗に弄り始め、リンゼイは啼《な》き声を上げた。

「んん、あ、あ、どうして？　どうなって……」

レナルドがくすっと笑う。

「ここがあんたの弱い場所よ。人によってはない場合もあるけれど、あんたはここ」

「あ、ああ、んん！」

指の腹でそこをなぞられると反応せずにはいられなかった。レナルドの膝の上で腰が彼の手の動きに合わせて波打つ。大きく開いた内股がぷるぷると震えていた。

「あと、弱い部分といえば、ここもそう」

「ひゃあ！」

リンゼイの身体がびくんと跳ね上がり、背中が反った。レナルドの親指が蜜口よりほんの少し上にある、充血し立ち上がっていた蕾に触れたからだ。そこは恐ろしいほど敏感で、触れられただけで反応せずにはいられなかった。

「あ、あ、んん、あン、あ、ああ、だ、ダメっ、そこ、いやぁ……！」

蜜を纏った指がその花芯を撫で上げては爪弾《つまび》く。ぐりぐりと押しつぶされる。同時に胎内に埋まった指に弱い部分を擦られ、リンゼイの口からひっきりなしに嬌声が上がった。

鏡の中では胸を弄られながら、秘部で蠢《うごめ》く手に合わせて淫《みだ》らに腰を振っている女が映っている。それをレナルドの菫色の瞳が鏡越しに何一つ見逃さず見つめていた。

「……あ、や、な、何か、変、なの……！」

リンゼイは涙を散らしながら訴える。目の前がチカチカして、何かが奥の方からせり上がってきていた。一体、これは何だろう。

「イきそうなのね、いいわよ。リンゼイ、これがイクってこと。身体で覚えなさい」

「あ、あ、ああ、んんっ」

手の動きが激しくなった。胸の膨らんだ先端を摘まれて扱かれる動きが加わり、背筋に震えるような快感が駆け上がる。大きな波がリンゼイを襲い、すべてが真っ白に染まった。

「あ、あ、あ、あああああ！」

頭をのけ反らせ、一際高い嬌声を響かせながら、リンゼイはレナルドの腕の中で絶頂に達する。その淫らな姿態を見つめるレナルドの視線を感じながら。

「……はぁ、あ……はぁ、ん……」

気づくと鏡にはレナルドにもたれ、身体を震わせながら荒い息を吐いているリンゼイが映っていた。顔は紅潮し、潤《うる》んだ目はトロンとしてこちらを見返している。普段のリンゼイからは想像もつかないほど淫猥《いんわい》な姿だった。

汗ばむリンゼイの頬にキスを落としてレナルドが囁く。

「これが男女の情欲ってやつよ、リンゼイ。あんたが思っていたのと全然違うでしょう？」

リンゼイはこくんと頷く。圧倒されて言葉もなかった。これに比べればリンゼイが書いた恋愛などまるで子供のおままごとのようなものだ。

「この場で奪えないのが残念なほどよ。それくらいあんたは敏感で淫らだった。あんたの夫になる男は幸運ね」

その他人事のような言葉に、リンゼイの胸の奥に小さな痛みが走った。それはもう終わりということ？　けれど確かにもうこの先のこととなったら純潔を奪われるしかないだろうから、これでいいのだ。これで。リンゼイは自分に言い聞かせ、疼く心にそっと蓋をした。

「ねぇ、リンゼイ、今度一緒に街を出歩かない？　ロイド爺さんも戻ってきていて、あんたにあの甥の愚行を謝りたいってさ。ついでに普段は女性禁止の書店にも案内するわ」

唐突にレナルドが言った。それはリンゼイが彼の手を借りて身支度を整えた直後のことだった。

「ほ、本当ですか？　行きたいです！」

リンゼイはその言葉に飛びついた。仕入れてくる人の趣味が反映されるため、本屋は各店で品ぞろえがまったく違うのだ。新しい店に行けば新しい本に出会えるに違いない。

レナルドはリンゼイの返事を聞いてにっこり笑った。

「じゃあ、決まり。デートといきましょう」

「デート……」

その響きに、リンゼイは頬を染めた。新しい本に出会える、レナルドと共に街を歩ける。そのことに自分でも驚くほど幸福を感じていた。

4　惹かれていく心

「ちょっと、ちょっと、あんた本買いすぎじゃない？」

手に大量の本が入った籠を持たされたレナルドは、活気のある通りを歩きながら眉を顰めた。

「ごめんなさい、レナルドさん。でも、憚《はばか》ることなく本が買えるなんてめったになくて」

レナルドの隣を歩くリンゼイは申し訳なさそうに言うものの、上機嫌であることを隠しもしない。それを見てレナルドは苦笑した。

「いいわよ、このデートもアタシが言い出したことなんだから」

二人は約束どおり次のレナルドの休日に、街へデートに繰り出していた。デートといっても、なんてことはないただの本屋巡りだ。けれど、普段は入れない女性お断りの書店にもレナルドと二人ならば入ることができてリンゼイは大喜びだ。もちろんリンゼイが店内に入ることにいい顔をしない店主もいるが、レナルドは本屋の常連らしく、文句を言われることはなかった。他人にはなかなか頼めない本もレナルドなら平気で代わりに買うように頼めるので、ついついあれもこれもと買いすぎてしまったのだ。

「それにしても……」

リンゼイは隣を歩くレナルドをちらっと見上げた。彼は最初に街中で出会った時と同じように、飾り気のないシャツにトラウザーズという出で立ちだ。対するリンゼイもドレスではなく町娘が着用するような質素な生成《きな》り色のワンピースを身に着けている。今のこの二人を見れば誰も貴族だとは思わないだろう。

「レナルドさんって、本屋では男言葉なんですね」

そう、今日何が一番驚いたかといえば、レナルドの言葉遣いだろう。リンゼイとこうして話す時は女言葉のくせに、店主と話をしている時は男言葉を使うのだ。

レナルドはリンゼイの言葉に眉を上げた。

「そりゃあ、あんた。ただでさえ女顔なのに、この口調で話したら性別間違われるでしょ。アタシだって時と場所を弁《わきま》えてるのよ」

当然という口調だが、リンゼイは騙されない。時と場所を弁えているのならば、公の場では男言葉を使うだろう。けれどアデリシアの話では、この人は城内で図書館の副館長という人を束ねる仕事をしていながら、そこでは女言葉を使っている。レイチェルの言う通りに、彼女たちの世話をしているうちに定着したといっても、普通それは家の中だけで、外ではちゃんとした口調を装うものだ。異端児に対して貴族たちは驚くほど排他的だから。

なのにどうして敢えて女言葉を……？

リンゼイは気になっていることを聞くいい機会だと思い、尋ねようと口を開いた。だが、それは不意に横からかかった声に遮られた。

「ルド？　ルドじゃないか！　久しぶりだな！」

声をかけてきたのは、とても体格のいい男性だった。年の頃はレナルドと同じくらいだろうか。短く刈り上げた髪、腕まくりしたシャツから覗く筋肉や雰囲気などから、男が労働者階級の人間であることは一目瞭然だった。けれどリンゼイは彼を知っていた。

男の方を向いたレナルドは彼に応じるようにニッと笑った。

「よぉ、顔を合わすのは久しぶりだな。元気そうで何よりだ。最近、他のやつらはどうだ？」

何とレナルドの口から飛び出したのは男言葉だった。男もいかめしい顔をほころばせて明るく応じる。

「みんな相変わらずだよ。お前さんたちのおかげでな。例の件も任せておけって。……ところで、ルドはこんなところでどうした？　買い物か？」

その言葉に、レナルドはリンゼイを示して眉を上げた。

「女連れなんだ、察しろ」

「女？」

男の視線が今気づいたようにリンゼイに向けられ、驚いたように目を丸くした。

「こりゃあ、社長のところの……リンゼイお嬢さんじゃないか？」

リンゼイはやっぱり、と思う。男に見覚えがあったのは、彼がこの街にあるベイントン商会の倉庫の管理を任されている人物だからだ。父親に連れられ倉庫に行ったことのあるリンゼイは彼と面識があった。倉庫長は急に破顔すると、レナルドの背中を嬉しそうにバンバンと叩いた。

「おいおいおい、ジェイに続いてお前にもようやく春が来たってことか。こりゃあ、めでたい！」

「っ、馬鹿力で叩くんじゃねえよ、痛いだろうが」

レナルドは顔を顰めながら唸ると、彼を手でしっしっと追い払う動作をした。

「邪魔してないで、とっとと行けって」

「へいへい。んじゃ、引っ越し作業の途中なんで行くわ。たまにはいつもの酒場にも寄ってくれ」

倉庫長は笑いながら最後にレナルドの背中を一際強く叩いたあと、リンゼイに軽く会釈をしてその場から去っていった。

「……ったく、あの馬鹿力が」

倉庫長の後ろ姿を睨みつけるレナルドに、好奇心を抑えきれずにリンゼイは尋ねた。

「今の人、ベイントン商会のここの倉庫長ですよね？」

「ん？　ああ、今、あんたんとこの倉庫長してるわね」

またしてもそれが何かという顔だ。だが普通に考えても、貴族の子弟と普段倉庫で働いている人間に接点があるとは思えない。

「すごく親しそうでした。……しかも男言葉で」

「何よ、気になるの？」

にやりと笑いながら言うレナルドにリンゼイは頷く。気にならないわけはない。

「あんたに興味を持ってもらうのは嬉しいけれど、別にそんなにたいそうな理由があるわけじゃないのよ。昔ジェイラントと一緒によくお忍びでここらへんに来ていたの。あいつ……ベンとはその時に知り合ったのよ。ベンは内戦のあった国からの避難民で、親を亡くした孤児だった。彼らもこの辺をうろついていたから遭遇率が高くてね。で、いろいろあってつるむ様になったわけ」

「いろいろあって……？」

リンゼイは首を傾げる。そのいろいろとは何だろうか。けれど、リンゼイの当然の疑問をよそにレナルドは話を続ける。

「アタシたちが貴族だって知っているけど、気にせず付き合ってくれる気のいい連中よ。今はみんな職を得て、家庭を持つ者もいてバラバラだけど……酒場に集まっては飲んでいるみたいね。ベンと話していて男言葉になるのは……昔の名残というやつかしら」

なぜか苦笑する彼にリンゼイは問いかける。

「レナルドさんって……本当はどっちなんですか？　女言葉のレナルドさん？　男言葉を

しゃべるレナルドさん？」

「両方ともアタシよ」

レナルドは艶やかな笑みさえ浮かべて迷うことなく告げた。

「こうしてアンタと話しているアタシも、ベンと話していた俺も、同じ人間。それじゃダメなの？　どっちかにしなけりゃダメなの？」

――どっちも同じ人間。言葉遣いが違うだけ。

「……あ……」

リンゼイの脳裏に、かつて親交のあった知り合いたちが蘇った。リンゼイと同じように商人の娘であったり、取引先の娘だったりした人たちだ。幼い頃から父親や母親と共に外国を飛び回る生活をしていたため、幼馴染みであっても深い付き合いをしたことがなかった。けれどもリンゼイは友達だと思っていた。たとえそれが表面上のものであっても。だが、彼女たちはリンゼイの父親が準男爵になったとたん、遠巻きになり「リンゼイは貴族で、私たちとは違うから」と仲間うちから外すようになってしまった。商人の娘であったリンゼイも、準男爵の娘のリンゼイも、どちらも同じリンゼイであることには変わりないのに。付随《ふずい》するモノが変わっただけで、人はこうも取る態度を変えてしまうのか……。このことは、リンゼイに少なからずショックを与えた。結局、彼女たちはリンゼイ自身を見ていたわけではなくて、ベイントン商会の娘としか見ていなかったのだ。

リンゼイは首を横に振りながら言った。

「ごめんなさい。ダメなんてことはありません。どんな言葉遣いだろうが、レナルドさんはレナルドさんです」

　その言葉にレナルドはふっと笑う。

「そんなに畏まらなくてもいいのよ。こっちだって意図的に使い分けているわけだしね。ただ……どっちのアタシも認めてもらいたいと思ってる。これは本当」

「私は……どっちのレナルドさんも好きです」

　リンゼイは思わず口にしていた。それから自分が言ったことに気づいて慌てた。男性に対して好きだなんて、妙に意味深な言葉ではないか！

「ええと、それはその、妙な意味ではなくて、ですね」

　手を振って顔を赤らめながらリンゼイは弁解する。レナルドはそのリンゼイのいつにない慌てぶりにくすっと笑った。

「やあね、分かってるわよ。あんたの言う好きは友達や犬猫を好きっていうのと同じレベルだっていうのはね。……それにしても、あれだけアンタに触れても男として意識させられず、友達の好きレベルとは、アタシもまだまだだわ」

「え？」

　リンゼイはびっくりしてレナルドを見上げた。レナルドは妙に何かを含んだ笑みを浮かべてリンゼイを見ていた。胸の鼓動がどくんと脈打つ。

……それはどういう意味？

けれど尋ねようと口を開いた時、またしても横から第三者に声をかけられてリンゼイは口をつぐんだ。それに、今度はレナルドではなく、リンゼイの名を呼ばれた。

「リンゼイ？　リンゼイじゃないかい？」

聞き覚えのある声にハッと振り返る。そこにいたのは商会の支部長を務めるジョスランと秘書のアリスだった。

「リンゼイ、こんなところで会えるとは！　買い物かい？」

ジョスランはその端整な顔に笑みを浮かべてリンゼイの手を取る。会えて嬉しいという思いを隠しもしない。目の端でレナルドが不快そうに眉を顰めるのが目に入った。

「こ、こんにちは、ジョスラン」

リンゼイは愛想笑いを浮かべ、やんわりと取られた手を外しながら言った。

「ジョスランたちは仕事？」

「ああ、商談が終わってこれから事務所に帰るところです。近々また喜ばしい話をご報告できると思いますよ、リンゼイ。ところで……」

そう言ってジョスランはリンゼイに向けた笑顔から一転、彼女の横に立つレナルドに疑惑の視線を向ける。

「彼は誰かな？　今まで見たことない人だけれど……新しい使用人かい？」

確かにきちんとした上着を羽織るジョスランと比べたら、レナルドの服装はそこらの街人と変わらない質素なものだ。けれど、彼を見て使用人と思う人間はいないだろう。その美貌も、持っている雰囲気も、異彩を放っているからだ。商人としてそれが分からないジョスランではない。きっとこれはわざとに違いない。

「レナルドさんは……」

「俺か？　俺は――」

リンゼイの言葉を遮ってレナルドが前に出る。その顔に挑戦的な笑みを浮かべて。片手をリンゼイの腰に回し、彼女を引き寄せながら彼は言った。

「リンゼイの婚約者だ」

「……なっ！」

ジョスランが驚愕し、目を見開く。

「婚約？」

後ろに控えていたアリスも驚きに目を見張った。

「まぁ、まだ正式じゃないけどな。だが、近いうちに正式に婚約する予定だ」

「リンゼイ、それは本当かい!?」

血相を変えてジョスランが詰問する。仮の婚約なのにこんな往来の真ん中で、と内心焦ったリンゼイだったが、これはいい機会だと思い直す。元々レナルドとの取引を承諾したのには、ジョスランのこともあったからだ。リンゼイが他の男と婚約すると知ったら、ジョスランは諦めて他に目を移すに違いない。

「ええ、本当です。私……この人の求婚を受けようかと思っています」

リンゼイは自らレナルドに寄り添いながら、答えた。そのとたん、リンゼイの腰に回された腕にほんの少し力が入ったような気がした。

リンゼイの答えを聞いたジョスランの顔がさっと青ざめる。その視線がリンゼイの腰を抱くレナルドの腕にいき、それから最後にレナルドの顔に移ると、唸るように問いかけた。

「君は……誰だ」

その問いに艶然とした笑みを返しながらレナルドが告げる。

「レナルド・アルベリク・クラウザー。王室図書館の副館長だ」

「王室図書館の？」

アリスが驚きの声を上げる。

「……貴族、か」

ジョスランが吐き捨てた。ミドルネームを持つのは貴族の生まれであるという証だ。更に、王室図書館の副館長ともなればそれなりの身分の者であるのは明らかだ。レナルドは爵位のことこそ口にしてないが、たとえ末端の男爵だとしても、貴族相手にジョスランでは分が悪い。だからこそ、リンゼイにとってレナルドとの仮の婚約はジョスランの求愛を躱《かわ》すもっとも効果的な方法だった。だが……。

ジョスランはこわばった顔をリンゼイに向けてこう宣言した。

「リンゼイ、私は認めませんし、諦めません」

「ジョスラン？」

PRITZ

「あなたに相応しいのは……私です」

そう言うとジョスランはレナルドを睨みつけたあと、踵を返して雑踏《ざっとう》の中に消えていった。アリスが慌ててその後を追いかける。

彼らの後ろ姿をリンゼイは呆然と見つめた。まさかジョスランがあんなことを言うとは思っていなかったのだ。貴族と婚約をしたと言えばすぐ諦めると思っていたのに……。

「リンゼイ、あれは誰？」

問いかける声がした。リンゼイはハッとし、未だに自分がレナルドに腰を抱かれていることを思い出す。慌てて離れようとしたが、思いのほかレナルドの力は強く、それどころか、リンゼイが抜けようと動くほどますます回す腕に力が入っていった。

「あんたの崇拝者っぽいけど、あれ、誰？」

妙に静かな口調だった。それも、女言葉なのか男言葉なのか判別がつきにくい口調だ。見上げてみると、さっきまでの挑戦的な笑みはそこになく、妙に不機嫌そうな表情でリンゼイを見下ろしているレナルドがいた。リンゼイは彼の奇妙な反応に不安を抱きながら恐る恐る答えた。

「ジョスランです。あの、若いけどベイントン商会の支部長を任されている人なんです。後ろにいたアリスは彼の秘書で、ジョスランが商談に飛び回っている間、支部を取り仕切っている優秀な女性で……」

だがレナルドが気になるのはアリスではなく、ジョスランのようだった。

「ベイントン商会の支部長って、このハルストン支部のこと？」

「え、ええ」

「そう……」

レナルドはそう小さく呟いてから、リンゼイの腰に回した手を緩めた。ホッとしてレナルドの腕の中から抜けるリンゼイに、レナルドはからかうように笑った。

「あいつ、あんたに気があるのね。アタシが婚約者だって言った時の反応、見た？　愕然としちゃって、思ってもみなかったって顔してたわ。まぁ、アタシもあいつが妙に態度が悪いからつい婚約者って宣言しちゃったけど、まずかったかしら？」

けれど、少しも悪いと思っていない口調だった。リンゼイは苦笑しながら首を振る。

「いえ、いいんです。私に婚約者がいるとなれば諦めるかなと思っていましたし……ちょうどよかったです」

「あっちは諦めちゃいないようだけどね。……でもリンゼイ、一つ聞いていい？」

レナルドは探るようにリンゼイを見つめながら尋ねた。

「あの男、ベイントン商会の支部長なんでしょう？　色男のようだし、立場もあんたの結婚相手としてそれほどマズイわけじゃない。なのにあんたが避ける理由は何？」

それは思ってもみない質問だった。だが、そう疑問に思うのも当然だろう。彼はアリスの想いなど知らないし、ベイントン商会の内部のことも知らないのだから。

「一番の理由は、私がジョスランを幼馴染み……兄のようにしか思えないからです。あと、秘書のアリスが彼にずっと片思いをしているのを知っているから。それに……」

これは言っていいものかどうか迷い、リンゼイは口をつぐんだ。これを言うのはリンゼイ自身とても嫌な気分になってしまう。けれど、レナルドは見逃すつもりはないらしい。

「それで?」としつこく促してくる。リンゼイは観念し、苦い気分になりながら言った。

「ジョスランの動機が……疑わしいからです」

レナルドがすっと目を細めた。

「疑わしい? 何が、どんな?」

「レ、レナルドさんがどのくらいベイントン家のことを知っているか分かりませんが……私は一人娘なんです」

リンゼイはベイントン商会を束ねる社長のたった一人の子供だ。兄弟はいない。となると、当然ベイントン商会の後継ぎの問題が持ち上がる。当初考えられたのは、リンゼイが誰か優秀な男を婿に取ることだった。だがそれは、社長であり彼女の父が良しとしなかった。ベイントン家の財産や会社を手に入れようと企む輩《やから》に娘が狙われるのが火を見るより明らかだったからだ。それに、ベイントン家の血を引く男子がいなかったわけではない。社長の弟の息子――甥であり、リンゼイからみれば従兄弟にあたる男性だ。彼は叔父と共に幼い頃からベイントン商会の仕事に携わっていて、才気走るタイプではないが実直で誠実な仕事ぶりが評価されていた。それでリンゼイの父親は早々に彼を後継ぎにすると決めてリンゼイをベイントン商会の後継ぎ問題から切り離したのだ。それはリンゼイがまだ十歳にもならない時で、リンゼイ自身もずっとそのまま従兄弟が商会を継ぐものだと信じて疑わなかった。

　ところが、リンゼイの父親が思いもかけず準男爵に叙爵されてから少しずつそれが狂っていった。父親は実務から退き、その跡をジョスランが継いだ。いや、正確に言えば支部の一つを任されたにすぎないが、元々本店だった重要な場所で、荷物の取扱量も取引量もベイントン商会随一の支部だ。発言権も大きい。さらに、若さと経験の少なさから当初は危ぶまれていたジョスランだったが、彼はその懸念を撥《は》ね除けて、業績を伸ばし、ベイントン商会を更に発展させた。ベイントン商会のみならず同業の商人たちからの評判もすこぶる良い。それが問題だった。ジョスランが成功すればするほど、商会の中でこんな言葉が囁かれることが多くなっていった。

　――ベイントン商会はジョスランのような優秀な人材が継いだ方がいいんじゃないか？だがベイントン家の血を引く後継者がすでに指名されている。どんなに優秀でも、ジョスランが上に立つことはかなわない。覆すことはできないのだ――ただ一つの方法を除いては。そして再びリンゼイの名前が取り沙汰されるようになった。

「分かったわ。つまりあんたと結婚すればあいつはベイントン家の一員として従兄弟を押しのけて商会の頂点に立つのも夢じゃないってわけね」

「……ジョスランがそう言ったわけではないんです。ベイントン商会の中でそういう声があるというだけで。でもそう言われ始めた時と、ジョスランが私に求愛するような態度を取るようになった時期が……一致しているので」

リンゼイだってまさかと思った。あのジョスランに限ってと。けれど、それまでは親しいながらも雇い主の娘に対する態度にふさわしく、少し距離を置いたような対応だったのに、いきなり気があるような言動をするようになった。社交界デビューをして以来、持参金やベイントン家の財産目当ての男ばかりに追いかけられたリンゼイがそれを素直に受け取ることができないのも当然だろう。

「あいつがベイントン商会の実権欲しさにあんたに言い寄っていると、そう思ってるのね」

リンゼイはそっと目を伏せて頷いた。けれどそう考えることは、同時にリンゼイを傷つけてもいた。昔から知っているジョスランでさえリンゼイ本人ではなく、彼女に付随したものだけしか見ていないのかと。適齢期でありながら、彼女が結婚というものにあまり関心を寄せないのはそれが原因だ。リンゼイはどうしても自分に言い寄る男性の動機を疑わずにはいられないのだ。

その時、不意にリンゼイの頭が温かくなった。驚いて顔を上げたリンゼイの目に映ったのは、片手を彼女の頭にぽんと置いているレナルドだった。

「あのね、恋敵に塩を送るようで嫌なんだけど、あいつの欲しいものはベイントン商会だけじゃないと思うわよ。手に入れたい物の中にあんた自身も入ってる」

「え？」

「同じ男だからどういう目であんたを見ているのか分かるのよ。あいつはあんた自身にも欲望を感じて手に入れたがっている。だからこそ、諦めないって言ったんでしょうよ。アタシとしてはとっとと舞台から降りて欲しいところなんだけどね。……だから大丈夫。あんたはベイントン商会という名前がなくったって、十分魅力的よ。アタシが保証する」

魅力的。その言葉は何度か言われたことがある。リンゼイにつきまとっていたお金目当ての男たちにも、ジョスランにも。けれど、今レナルドに言われたこの時ほど心の琴線に触れたことはなかった。

魅力的。本当に？　嫌なことから顔を背けて逃げるしか能がない、こんな自分が？

……縋る目を、していたのかもしれない。レナルドはふっと微笑むと、屈んでリンゼイの耳に唇を寄せ、思わせぶりに囁いた。

「アタシの腕の中であんなに乱れたあんたを、魅力的だと思わないわけないでしょう」

「なっ……！」

リンゼイの顔が真っ赤に染まった。口をぱくぱくさせ言葉にならない声を漏らす。そんなリンゼイの頭を数回ぽんぽんと叩いたレナルドは、その手を今度はリンゼイに差しのべて言った。

「ほら、行くわよ。今日はとことん、あんたに付き合ってあげるから」

「は、はいっ」

その大きな掌に自分の手を乗せながら、リンゼイは鼓動がドクドクと高鳴るのを感じていた。そして、それはその日中ずっと——レナルドと別れるまで続いた。

「リンゼイ、それは恋じゃないかしら？」

デートの顛末《てんまつ》を聞いたアデリシアが頬を染めつつ興奮した口調で言った。

——レナルドとデートしてから三日経っていた。けれどその間、レナルドの言ったことを思い出しては赤くなったり、ソワソワと落ち着かない気分になるのを繰り返したリンゼイは、ベイントン邸に遊びに来たアデリシアを私室に招き、ついデートのことを言ってしまったのだ。そうして彼女の口から出たのが「恋」という単語だった。

「だって、レナルドさんのことをつい考えてしまうんでしょう？」

「そうだけど……恋なのかしら？　これが？」

けれど物語に出てくるように、ずっと相手のことを考えていたり、彼のことを思うと天にも昇る気持ちになったりはしない。そりゃあ、多少はふわふわした気持ちにはなるけれど。

「異性に全然目もくれなかったリンゼイが、レナルドさんに興味を覚えるってことだけでも十分に意味があると私は思うのだけど」

リンゼイは思わず苦笑した。

「だってレナルドさんって、とても興味深い人なんですもの」

「まぁ、確かにね。最初びっくりしたものだけど、でもすごく良い人よ。上司としても人間としても。でも、こんなことならもっと早く紹介すればよかった。レイチェル様の騒動と時が重なるなんて間が悪いったら。……そもそも本当は私の結婚式で顔合わせせって思っていたのよね。なのにリンゼイったら欠席してしまうし」

口を尖らせるアデリシアに、リンゼイは苦笑した。

「ごめんなさい。でも、私は行かない方がいいのよ」

アデリシアとジェイラントの結婚式に招待はされたものの、リンゼイは出席しなかった。アデリシアの両親が、自分たちの交友に良い顔をしていないのは知っていたし、何と言っても相手は侯爵家で結婚式にも身分の高い貴族が大勢集まるだろう。その中には当然ベイントン家が準男爵になったことをよく思っていない貴族もいるに違いない。アデリシアやジェイラントは気にすることはないと言ってくれたが、リンゼイは友人の晴れの門出に一点の曇りも与えたくなかったのだ。

「私はこうしてアディが友達でいてくれるだけでいいの」

そう、アデリシアはリンゼイの身分に関係なく友達でいてくれる。リンゼイに付随するものではなくて、リンゼイ自身を見てくれる。それだけで十分だ。

アデリシアの瑠璃色の瞳が涙で潤む。

「私だってリンゼイが友達でいてくれてよかったと思ってる。私が今こうして幸せになれたのも、全部リンゼイのおかげよ。リンゼイが背中を押してくれなかったら、きっとまだ私は意地を張っていたと思う。全部全部リンゼイとレナルドさんのおかげ。だから二人にも幸せになってもらいたいの。たとえそれぞれ別の相手を選んだとしても。……覚えておいてね、リンゼイ。私はいつだってリンゼイの味方だからね」

胸が熱くなって、震える声でリンゼイは言った。

「ありがとう、アディ」

父親が貴族になって、かつて友達だと思っていた人たちを失った。けれど、こうして貴族の中にもリンゼイを認めて受け入れてくれる人がいる。辛いことは多いけれど、アデリシアに出会えたことだけでもリンゼイは準男爵の娘になってよかったと胸を張って言えるのだ。

リンゼイはしんみりした空気を吹き飛ばすようにアデリシアに明るく言った。

「ところで、私、どうやら今度レナルドさんのパートナーとして、チュリヒ伯爵主催のパーティに出席しなければならないようよ」

チュリヒ伯爵はパーティ好きとしても知られている裕福な貴族だ。レナルドはあまりパーティや夜会が好きではないようで、めったに出席することはないが、チュリヒ伯爵が王室図書館に何度か貴重な本を寄贈していることもあって、毎回断ることもできず、やむを得ず妹のレイチェルをパートナーとして出席していた。ところが今回、当のレイチェルに、妹の自分ではなく「婚約者」であるリンゼイを連れて行くのが当然だと言われ、断られてしまったのだ。確かに正式でないとはいえ、将来を誓った相手がいるのならそちらをパートナーとして連れて行くのが普通だ。

「ズルいのよ、レナルドさんってば。例のデートの最後の最後で言うんだもの。こっちは散々荷物持ちさせて悪いと思っていたところだったから、承知するしかないじゃない」

リンゼイはぼやいた。それに口にはできないが、デートで舞い上がっていたこともあって、それがどんな意味を持つかよく考えもしないうちに安請け合いしてしまったのだ。

「でもよくよく考えてみたら、二人で出席するなんて、婚約を大勢の前で公言しているようなものだわ。特にチュリヒ伯爵のパーティは規模が大きいから出席者も多いだろうし。……内輪だけだと思っていたのに、何だか思った以上に大事《おおごと》になりそう」

深いため息が出た。大勢の人に知られれば知られるほど、芝居が終わって仮の婚約が解消された時の反動が大きくなるだろう。それを考えると憂鬱になってしまう。

「チュリヒ伯爵のパーティねぇ。……確かスタンレー家にも招待状が来ていたけれど、ジェイラント様が、仕事があるから行けないって断ってしまったのよね。行けばリンゼイの助けになれたかもしれないのに」

残念そうに言うアデリシアにリンゼイは苦笑した。

「私もアディがいたら心強かったと思うけど、仕方ないわ。侯爵が仕事で行けないのなら、あなた一人が出るわけにはいかないいんだから」

ジェイラントは自分のいない場所にアデリシアを出すつもりは一切ないらしい。呆れるくらいの囲いこみようだ。きっと今日の外出も頃合いを見計らって自らが迎えにくるに違いない。

「あ、そうだわ、ドレス！　ドレスを選びましょう、リンゼイ！」

急にアデリシアがソファから立ち上がって言った。

「仕立てる時間はないから、持っているものの中からとびきりのドレス選ばなくちゃ！」

「え？　いえ、そんなに気合い入れる必要は……」

突然の提案に目を丸くしながらリンゼイは答える。けれど、アデリシアは首を振って妙に真剣な顔をして言った。

「城の舞踏会で盛装したレナルドさんを見たことがあるけど、すごく派手だったのよ。今回もそんなだったら、地味なドレスだとバランスが取れなくなる恐れがあるわ」

「ええ？」

「ほら、早く」

そう言うとアデリシアはリンゼイを強引にクローゼットに連れて行き、ドレスを吟味し始めた。けれど、元々パーティにはあまり出席せず、着るドレスも目立たないように地味な色とデザインのものが多いリンゼイの所持品ではお眼鏡にかなうものはないらしい。

「これはデザインが地味すぎるし、こっちは淡い色すぎてダメ。黒髪は映えないし、リンゼイの肌がくすんで見えてしまう」

クローゼットからドレスを取り出してはアデリシアはぶつぶつ呟きながら却下していく。けれど、クローゼットの奥にしまっておいた、とあるドレスを手に取ったとたん、顔を輝かせた。

「これ！　これがいいわ！」

アデリシアが取り出したドレスを見てリンゼイは呻いた。それは以前、名づけ親から誕生祝いに贈られたドレスだった。だがリンゼイの好みより色が派手だったため、着ることなくクローゼットの奥にしまいこんでいたのだ。

「それは……ちょっと色合いが……悪目立ちすると思うわ」

「大丈夫、リンゼイによく似合うから。レナルドさんと並んで立つとぴったり嵌《は》まるはずよ。私が保証する」

「いや、でも……」

なおも渋るリンゼイを、ほとんど強引に押し切る形で承知させたアデリシアは、迎えに来たジェイラントと一緒に帰っていった。「絶対あのドレスにしてね！」と最後に念を押して。遠ざかる馬車を見送ったあと、自室に戻ったリンゼイはそのドレスを手に取ってやれやれとため息を吐いた。

アデリシアが選んだドレスは赤だった。それもくすんだ赤ではなく、鮮やかな真紅だ。こんなドレスを着たらさぞ目立ってしまうだろう。特に最近は淡い色合いでレースとリボンをふんだんに取り入れた可愛らしいデザインのドレスが流行っていると聞く。

一体なぜアデリシアはこのドレスがいいと言ったのだろう……？

確かに素敵なドレスだ。生地には光沢があって、光の角度を変えれば赤の色合いが微妙に変わるようになっている。名づけ親が特注しただけあって、とても高価で贅沢なドレスだ。だが、こんな大人っぽい原色のドレスにしたらさぞ浮いてしまうに違いない。

リンゼイは鏡に向かい、そのドレスを身体に当ててみる。確かに黒髪のせいか大胆な色合いの服を着ても違和感はないが……。腰の部分の滑らかな生地に手を滑らせたあと、ふと顔を上げたその時、鏡越しに自分と目が合った。

鏡の中では自分が自分をじっと見つめ返していた。それはあの時を彷彿《ほうふつ》とさせ、リンゼイの喉がごくりと動いた。

『アタシに触れられて自分の身体がどう変化するのかを、その目でしっかり見ておきなさい』

レナルドに言われた言葉が脳裏に蘇る。鏡に映った自分の姿があの時と重なる。

——一糸纏わぬ姿で、鏡の前で乳房や脚の付け根の大事な部分を晒していた自分。

——レナルドの手が触れるたびに喘ぎ、身を震わせていた自分。

今のリンゼイの目に映る鏡越しの自分は、真紅のドレスを手にした姿ではなく、絶頂に導かれたあと、頬を染めトロンとした目で見返していたリンゼイだった。それは見たこともない「女」の顔をしていた。

下腹部に甘い痺れが走る。胸の先がチリチリと疼き出し、脚の付け根の奥からジワリと何かが染み出してくる。その感触にリンゼイはハッとして、ドレスを手にしたまま顔を赤く染めた。あの時以来、思い出すたびにこんな風にリンゼイの身体が自分の意思に反して反応してしまう。

リンゼイは鏡から顔を逸らしてクローゼットにドレスを戻すと、ベッドに身を投げ出して火照った顔を枕に押し付けた。

――自分は変だ。ものすごく変だ。

リンゼイはレナルドによって男女の間に流れる情熱や欲望を知った。いや、教えられた。だから、レッスンはもう終わっている。現にあれ以来、レナルドは言葉ではからかいこそすれ、リンゼイに性的な意味で触れることはない。なのに、レナルドがリンゼイの身体に灯した欲望の火は消えず、いつまでも彼女の中でくすぶり続けている。もう、忘れなければいけないのに。

リンゼイはぎゅっと目を瞑って身体が静まることを願った。けれど一度火がついた身体は彼女の願いに反していつまでも熱を帯びたままだった。

「アデリシアがこのドレスにしろと言った理由が分かりました……」

パーティ当日、ベイントン邸にリンゼイを迎えに来たレナルドを見たリンゼイの第一声がそれだった。

とにかく派手なのだ。上着の色こそ一般的な濃紺だが、襟《えり》や折り返した袖口には金糸でびっしりと刺繍が施されていて、なまじ地味な色合いなだけに、その金色がよく映える。その上着のカフスから覗く白いドレスシャツの袖口はレースで、同じ模様のレースのクラヴァットで首を覆っていた。そして派手なのはそれだけではない。そのレースのクラヴァットを留めているのは、赤い宝石のついたピンで、白のトラウザーズの腰にある飾り紐の色も赤だった。

こんな派手な服装の人の隣に地味なドレスで並んだら、いいところで引き立て役、下手をすれば笑い者になっていただろう。リンゼイは思わずアデリシアに感謝した。

レナルドはリンゼイの頭のてっぺんからつま先まで目を走らせると、にやりと笑った。

「あんたこそ、その真紅のドレス、似合っているじゃないの」

リンゼイが身に着けているのは、襟元のラインに小さな薔薇《ばら》のコサージュがあしらわれたパフスリーブのドレスで、腰回りの大きな真紅の薔薇のコサージュからドレープが斜めに入り、そこから赤いレースが覗いている。全体的に大人っぽいデザインで、彼女を一八歳という実際の歳よりもっと上に見せていた。

「アデリシアから聞いた時はびっくりしたけど、うん、ぴったりよ」

「ありがとうございます。服に負けそうですけどね」

リンゼイは苦笑した。けれど彼女は気づいていないが、その真紅のドレスは彼女の艶やかな黒髪と抜けるような白い肌を強調し、赤と白と黒というコントラストを見事なまでに描き出していた。誰もがハッと目を留めずにいられないだろう。

「でも、こんなに派手な装いじゃなくてよかったのでは?」

リンゼイはレナルドの手を借りて馬車に乗り込んだあと、隣に滑り込んできた彼に言った。けれど、レナルドは思いもかけないことを告げる。

「何言ってんの。貴族のパーティなんて一種の戦場よ。そんなところに辛気臭い地味な装いで行ったら勝てるものも勝てやしないわよ」

「せ、戦場？」

「そうよ、自分の立ち位置を測ったり自分の優位を誇示する場所なのよ、あそこは。オドオドしていたら餌食《えじき》にされるだけ。服装も同じ」

そう言ってレナルドはリンゼイのドレスを指さした。

「いい、リンゼイ？　自分の服装が与える印象を最大限に使って相手を黙らせるのよ。そのドレスは戦闘服だと思いなさい」

「せ、戦闘服？」

「そうよ、良くも悪くも服装っていうのは心にも影響するの。そのドレスに相応しく顔を上げて胸を張って毅然《きぜん》としていなさい。そうすれば勝てるから」

「は、はぁ……」

大げさな、というのがリンゼイの本音だった。だが、レナルドの言っていることをリンゼイはすぐに理解することになる。

パーティの主催者であるチュリヒ伯爵夫妻のことはリンゼイも知っていた。パーティ好きで頻繁に夜会を開催しているが他家の催しものに参加するのも大好きで、何回か顔を合わせたことがあるからだ。ベイントン家に対して好意的でも否定的でもない一番対応が楽なタイプだが、話好きで噂好きであることはパーティ好きという面からも十分うかがい知れた。

リンゼイは主催者への挨拶ということで、レナルドに伴われて最初に夫妻のところに向かったが、リンゼイとレナルドの取り合わせに目を丸くする二人に「婚約」という単語を出したとたんに、その目がキラリと輝いたのを見逃さなかった。おそらくこの話はパーティの参加者には瞬く間に広がることだろう。

間が悪いことに、最近貴族の館に強盗が侵入するという事件が続いており、それがパーティが行われたその夜に起こることが多いため、多くの貴族が夜会を開くのを自粛している。減ったその分だけ、開催しているパーティに多くの貴族が集うため、今夜の夜会も大勢の貴族が集まっていた。つまりレナルドとリンゼイの仮の婚約もかなり多数の貴族の知ることとなるのだ。

ただでさえ派手な服装で目立つのに、そこに好奇心と言う名の視線まで集まってきているのは絶対気のせいではないはずだ。それにリンゼイを公然と嫌っている令嬢たちも参加しているようで、さっきからこちらを見てコソコソと何か囁き合っているのが目に入り、げんなりした。

思わず顔を顰めたリンゼイにレナルドが笑う。

「最初だけよ。それに言ったでしょう、ここは戦場だって。臆《おく》した態度を取ってはダメよ、付け込まれるから。……って、あらやだ、あいつも来てるの？」

レナルドがとある方向を見て顔を顰めた。彼の視線の先を見やったリンゼイの目に、こちらに向かって歩いてくる金色の髪をした背の高い男性の姿が映る。レナルドの目の前にやってきたその男性は、青い目をした驚くほど端整な顔立ちの持ち主だった。面識はないが、その顔には見覚えがある。確かフォルトナー侯爵だ。

「婚約したらしいが、貴様などを相手にする女性がいたとはな」

「あんたね、アタシとジェイラントを見るたびに突っかかるの、そろそろやめたらどう？　そんなにアタシたちが大好きなの？」

レナルドは揶揄《やゆ》するような口調で笑った。気のせいか言葉にどこか棘《とげ》がある。どうやら目の前の人物はレナルドにとって好ましい人間ではないらしい。男性の方もレナルドの言葉を聞いて不快そうに顔を顰める。

「そんなわけあるか！　……チッ、相変わらず気持ち悪い格好と言葉遣いをするやつだな。貴様と結婚しようなどという物好きを見に来ただけだ」

男性の視線がリンゼイの方を向く。一瞬、おやという顔をしたが、レナルドの次の言葉を聞いてすぐに意識が彼女から外れたようだ。

「その言葉そっくりあんたにお返しするわ。そういや聞いたわよ、あんたの奥方、ご懐妊ですって？　それもかなり妊娠が進んでいるとか。ついこの間結婚したばっかりなのにね」

男性はぐっと詰まった。どうやら話を聞く限り、この男性は相手の女性を結婚前に妊娠させてしまったらしい。庶民ではよくあることでも貴族には醜聞《しゅうぶん》だ。

「時期的にもしかしてあの時かしら？　あの一度で大当たりだなんて、精力旺盛でけっこうですこと」

「貴様……あれは貴様たちがっ」

男性が唸ってレナルドを睨みつける。そんな彼にレナルドは眉を上げてみせた。

「ああら、アタシは知らないわよ、媚薬のことなんて、ね」

男性が再びぐっと詰まる。そしてそれからあとはレナルドの独壇場だった。その口からポンポンと言葉が飛び出していく。

「だけどよかったじゃない。これで男子なら跡継ぎ問題解消よ。あんたは好きなだけかわい子ちゃんたちとイチャつけばいいわ。そのかわい子ちゃんたちは妊娠もしないのだから、誰も文句言わないわよ。……ああ、プライド高い奥方は言うかもしれないわね。尻に敷かれているってもっぱらの噂だから。そうそう、まだ懐妊のお祝い言ってなかったわ。お・め・で・と・う」

華のような笑顔と毒のある言葉でトドメをさす。男性は顔を引きつらせ、レナルドを憎々しげに睨みつけたあと、踵を返して足音も荒くその場から立ち去った。

「ったく、口では勝てないんだから突っかからなければいいのに」

レナルドは男性の姿が見えなくなると、苦笑を浮かべてリンゼイに言った。

「いい？　こっちが気に入らない相手はたとえ無視したってあんな風に突っかかってくる

んだから、毅然とやり返すのが一番。相手に苦手意識もたせんのよ。そうすればそのうち近寄らなくなるから。まぁ、あのアホは例外だけど」

「……レナルドさんにとってその口調と服装は戦闘服というよりもう武器ですね」

一連のことを唖然としながら傍観していたリンゼイは、我に返って苦笑した。男性は得てして女性にあれこれとうるさく言われるのが苦手だ。それは庶民であっても貴族であっても変わらない。レナルドのあの顔と口調で、あんな風にポンポン言われたらたまらないだろう。現にさっきの男性は、口を挟む暇すらなかった。

「あら、うまいこと言うわね。そう、この言葉遣いは一種の武器ね。嫌な相手は近づかなくなるから、けっこう便利よ」

言われてみれば、レナルドとリンゼイを見て嫌そうな顔をする人間はいるものの、こちらへ近づいてくる気配はない。それはおそらくレナルドがいるからだとリンゼイには得心がいった。あの調子でやり込めた相手が大勢いるらしい。

「でも、この仮の婚約が解消されたらまた何か言ってくるかもしれませんね。……あの方たちも」

リンゼイは相変わらずこちらを見てヒソヒソ話している令嬢たちを見やって苦笑する。先のことを考えると頭の痛い問題だ。

「リンゼイ、そのことなんだけど……いえ、この話はまた今度でいいわ」

不意にレナルドが何かを言いかけてやめた。

「全部終わってからにするわ。終わらせてけじめをつけてからでないとね。……さて、リンゼイ、せっかくだから踊ろうか」

リンゼイの手を取って、ホールの中央を示してレナルドが言った。そこでは緩やかな音楽に合わせて何組かの男女が身体を寄せ合ってワルツを踊っている。

言いかけた言葉が気になったものの、中央の方に引っ張られていくうちに、そしてその途中で声をかけられたためにそれは霧散した。

「これはこれは。副館長じゃないですか」

声をかけてきたのはレナルドの知り合いのようだ。けれど、レナルドにとってまたもや友好的な相手ではないらしい。その声を聞いたとたん、重ねていたレナルドの手に妙な力が入るのをリンゼイは感じた。

「おや、まぁ、誰かと思ったらダニエルじゃないの」

愛想の欠片もない口調でレナルドが応える。

「聞きましたよ、婚約したそうで」

男は二十代前半に見えた。ダークブロンドに水色の瞳の持ち主で、洒落《しゃれ》た上着を着ている姿はどこにでもいる普通の貴族の子弟だ。けれど、うすら笑いを浮かべているその顔はリンゼイを不快な気分にさせた。こういう手合いは知っている。卑屈《ひくつ》で、それでいて妙にプライドが高く、人を見下しながら阿《おもね》ってくる、リンゼイが一番嫌いなタイプだ。

「それも、ベイントン準男爵のご令嬢とは」

「……それが何かアンタに関係あるの？」

目を細め、低い声で尋ねるレナルドに、男――ダニエルは笑った。

「いえいえ、ただ、変わった趣味をお持ちだと言いたかっただけです。失礼ですが、クラウザー伯爵と準男爵家では釣り合いが取れないのでは？　まぁ、副館長はご自身がとても変わられているので、無理からぬことですが……」

要するにリンゼイなどという身分の低い者と婚約するレナルドの気がしれず、頭がおかしいのではと言いたいらしい。リンゼイが傍らにいるにもかかわらずのこの失礼な発言。レナルドを怒らせたいのか単なる無礼な人間なのかは分からないが、普通の神経を持っているならまず本人を前にして言える言葉ではない。

「ベイントン家の娘と婚約しようがアンタには関わりないことよ。それよりアンタ、ここの所いろいろなパーティに顔を出しているそうじゃないの。フォルトナー侯爵家から放逐されて援助を切られたわりにはずいぶん余裕があること」

その言葉にダニエルは奇妙な嗤いを浮かべた。

「幸い援助なしにやっていけるアテができたものでね。フォルトナー侯爵家にも媚びなくてよくなって清々しましたよ。もちろん、図書館の司書なんて地味な仕事もやらなくて済みますしね。……ああ、ダンスをするつもりだったのにお邪魔して申し訳ない。それでは副館長は商人のご令嬢とせいぜいよろしくやって下さいよ」

レナルドの横にいるリンゼイに嘲るような視線を向けて言ったあと、ダニエルはレナルドとリンゼイの前から立ち去ろうとした。ところが何を思ったか、数歩行ったところでくるっと振り返る。

「そうそう、最近貴族の屋敷で強盗事件が続いているそうですよ。副館長のところも気をつけられた方がいいんじゃないですか？」

ダニエルはニヤリと嫌な笑いを浮かべたあと、今度こそその場から立ち去っていった。

「……なんですか、あれは」

姿が見えなくなったあとで、リンゼイは尋ねた。あそこまで嫌みと悪意をぶつける貴族も珍しい。リンゼイのような成り上がりに対してならともかく、体面を気にする貴族は陰でどんなに嫌おうがこのような席では、表面上は友好的に保つものなのに。どうやらよほどレナルドに思うところがあるらしい。

「レナルドさん……？」

珍しく返事がないのを不思議に思って見上げたリンゼイの目に映ったのは、何やら険しい表情でダニエルが去った方向を見つめているレナルドだった。彼のこんな表情を見たのは初めてで、リンゼイは戸惑う。

「レナルド……さん？」

レナルドはその声にハッと我に返ってリンゼイを見下ろす。けれどその時はもう険しい表情はさっぱり消え、いつもの彼に戻っていた。

「ごめんね。あいつのせいであんたにも嫌な思いさせたわね」

「いえ、全然気にしていませんから。……あの、それで、あの人は一体……？」

最初に寄ってきたフォルトナー侯爵を余裕であしらっていたこの人にあんな表情をさせるなんて、あのダニエルという男はレナルドに一体何をしたのだろうか。

レナルドはため息を一つついて言った。

「……あいつはダニエル・ショーソンっていう子爵家の息子でね。以前王室図書館に司書として勤めていたの。仕事はそれなりにできたんだけど、あの通り性格が悪くて他の司書とはうまくいかないわ、毎日遅刻するわ、図書館に女性を連れ込もうとするわであまりに勤務態度と素行に問題が多くてね、それでアタシがクビにしてやったのよ」

なるほどと思う。それであの悪意のある言葉と態度なのか。おそらく自分の勤務態度を反省することもなく、クビにされたことでレナルドを恨んでいるのだろう。ああいうタイプにはよくあることだ。

「あいつをクビにしたあとで、今度はあいつの父親の横領も発覚して、資金援助を受けていたフォルトナー侯爵から縁を切られたはずなんだけど……まだこんなところに来る余裕があるとはね」

「資金のアテがあるとか言ってましたね」

「どうせろくなことじゃないわよ」

レナルドは吐き捨てたあと、リンゼイの手を引いて歩き出した。

「さ、不愉快な男のことは忘れて仕切り直しといきましょう」

それから二人はワルツが流れるホールの中央に出て、大勢の招待客が注目する中、身を寄せ合って踊り始めた。

二人は失礼にならないくらいの時間滞在したのち、チュリヒ伯爵夫妻の屋敷をあとにした。本日一番の話題を提供した二人に、夫妻はぜひとも泊まっていって欲しいと言ったのだが、レナルドの仕事を理由に辞退して、馬車に乗り込んだ。

「今日は付き合ってもらって悪かったわね」

馬車が動き始めるとレナルドが言った。

「いいえ、思いがけず楽しかったです」

そう、いつもパーティで感じる苦痛を今日はまったくと言っていいほど感じなかった。確かにいつものようにリンゼイに良い顔をしない貴族もいたし、レナルドが離れた隙に令嬢たちに取り囲まれ、いつもの嫌みは言われたが、それがまったく苦にならなかったのだ。それどころか、いつもなら黙って言わせるだけだった彼女たちに対して笑みを浮かべて余裕で応対することもできた。その時の彼女たちのびっくりした顔を思い出すだけで頬が緩む。彼女たちはリンゼイが反論するとは夢にも思っていなかったのだろう。

リンゼイは自分のドレスを見下ろして笑った。

「この『戦闘服』のおかげかしら？」

そう言いつつ分かっている。パーティが苦ではなかったのはレナルドがいたから。彼がドレスに恥じないように毅然と顔を上げていろと言ってくれたからだ。おかげでリンゼイは引け目を感じることなく立っていられた。

「そういえば、よくそんなおあつらえ向きなドレスがあったわね。わざわざ仕立てたの？」

「いいえ、これは名づけ親が、似合うからって誕生祝いに贈ってくれたものなんです。こんな色合いなので着ていく機会がなかなかなくて……」

答えたとたんにレナルドが眉を上げた。

「その名づけ親って女？　男？」

「え？　男性ですけど……？」

「男がそのドレスを贈ったってわけ？」

なぜかレナルドの顔がどんどんしかめっ面になっていく。

「しかも似合うだろうって薔薇をモチーフにした真紅のドレスを？　普通、名づけ親が贈るドレスなんて可愛いデザインのものが定番じゃないの？　意味深すぎない？　男が女にドレスを贈る時って、それを脱がした時のことも想定するもんだけど……」

最後の方はもはや独り言のようにブツブツという呟きになっている。何やら妙な誤解があるようだ。リンゼイは慌てて言った。

「あの、名づけ親のおじ様は両親の古くからの友人で、もう一人の親みたいなものですよ？　結婚だってしているし、私より年上の子供だっていますからね？」

しかしレナルドはリンゼイをじろりと睨んで言った。

「分かってないわね。男は年寄りになったって欲情できる生き物なのよ。物語にだってヒロインを妾にしようとするジジイがよく出てくるでしょうが」

「それとこれとは違いますし、おじ様はそんなことは考えていません」

「たとえあのドレスに何も意味がなかろうが、あんたの名づけ親が聖人君子であろうが、気に入らないものは気に入らない」

レナルドはそう言うと、いきなりリンゼイの身体を抱き寄せて首元に顔をうずめた。

「え、え、レナルドさ……ひゃっ!?」

突然のことに仰天したリンゼイは、首の付け根を強く吸われてビクンと身を震わせた。レナルドは首筋から更に唇を滑らせてドレスの襟ぐりからほんの少し覗く膨らみの部分にも強く吸い付く。

「……ふぁ……」

リンゼイはチクリとした痛みのせいではなく、背中を走る痺れに声を漏らした。押し戻そうとした手は力を失い、レナルドの上着に縋りつくだけになった。レナルドはリンゼイの肌から少し顔を離して呟く。

「名づけ親が真紅の薔薇のドレスをあんたに贈るなら、アタシはその身に赤い花を刻んであげる」

その声は少しかすれていた。リンゼイは自分の姿を見下ろしてギョッとする。レナルドに吸われてジンジンと鈍く痛む胸の部分が赤く染まり始めていた。見えないが、首筋のところもきっと同じように赤くなっているに違いない。

「それ、しばらくは消えないわよ。その間あんたはそのドレスを着ることはできないし、首元まで隠れるドレスを着るしかない」

リンゼイと同じように胸に刻まれた赤い印を見下ろすレナルドの声には、気のせいか満足そうな響きがあった。

「レ、レナルド、さん？」

リンゼイは戸惑うばかりだ。一体どうしたのだろうか。名づけ親から贈られたドレスが気に入らないからって、こんな印をつけるだなんて、まるで……まるで、嫉妬しているみたいじゃないか。けれど、そう考えたそばからリンゼイは否定する。

──そんな、まさか。この婚約はお芝居であって、本当じゃない。彼が他の男を気にする必要はない。ましてやドレスを贈ってくれただけの人に。けれど、ならばなぜ彼はリンゼイにこんな風に触れるのか。

リンゼイは恐る恐る尋ねた。

「……あの、レッスンはもう終わっていますよね？　なぜ……」

「終わってる？　なぜ？　アタシは終わったなんて一言も言ってないわよ？」

顔を上げたレナルドに反対にキョトンと尋ねられてしまい、リンゼイは狼狽える。

「だ、だって、もうあれ以上になったら……」

言いながら顔に熱が集まるのを感じた。レナルドは鏡の前でリンゼイを全裸にし、胸に触れ、秘められた場所に触れた。リンゼイを乱れさせ、絶頂に導いた。あれ以上となったら、それこそ男女の性器を繋げて生殖活動をするしかないだろう。けれどそれはしないとレナルドは約束した。だからレッスンはあれで終わりだと思っていたのだが……。

「あれで終わりなわけないじゃない。あんたの読んでいる本は……ああ、セクシャルなものをメインにしている話はさすがに単独じゃ買えないか。いいわ、レッスンよ、リンゼイ。男と女はあんなもんじゃない。もっと奥が深いものだと教えてあげる」

　レナルドはそう言うと、馬車の座席から滑り降りてリンゼイの目の前に跪《ひざまず》く。そしていきなりリンゼイのドレスの裾に手をかけた。

「レ、レナルドさん⁉」

「しっ、大声出すと御者に聞こえるわよ。こんなところ、使用人とはいえ誰かに見られたいの？」

　リンゼイはハッとして口をつぐむ。それをいいことにレナルドはドレスの裾をまくり上げドロワーズを露わにさせた。それからリンゼイの腰を引き寄せ、お尻が座席の縁ギリギリに乗るようにする。その反動でリンゼイの上半身が背もたれと座席の間のクッションに沈んでいく。

「ドレスの赤と下着の白、この対比が扇情的《せんじょう》ね。でもあんたの素肌の方がもっと……」

　リンゼイはレナルドの手がドロワーズのリボンを解き、引き下ろしているのを感じてハッとした。慌てて自分の下半身を見下ろしてみると、レナルドがドロワーズを足から引き抜いているところだった。履いていた赤い靴はいつの間に脱げたのだろうか、馬車の床に散乱しているのが見えた。そこにリンゼイから剥ぎ取った白いドロワーズが落とされる。

「や、待って！」

何も身に着けていない下半身がレナルドの目に晒された。更にレナルドはリンゼイの両足首を摑むとぐいっと左右に開いて広げさせる。潤《うるお》い始めたそこに冷たい空気を感じてリンゼイは息を呑んだ。

「い、嫌ぁ」

むき出しにされた部分をとっさに手で隠す。けれどその手を、足の間に身を落ち着かせたレナルドが取って、座席に縫い付けてしまう。

「だ、ダメ、見ないでっ！」

恥ずかしさに気を失いそうだった。確かにあの時もこうして足を開かされて秘部を晒された。けれど鏡越しだったし、彼の目前に晒したわけじゃなかった。けれど、今はその大事な部分に吐息すら感じられるほど間近に彼の顔があり、余すところなく見られているのが感じられる。

少しでも遠ざけようとお尻をずり上げようとしたが、すぐに戻された。いや、戻されるどころか先ほどよりきわどい場所まで引き寄せられ、下手をすれば座席からお尻が落ちてしまいそうだ。そんなことになったらレナルドの顔に恥ずかしい場所を押し付けることになってしまう。リンゼイは手で座席を摑んでこれ以上ずり落ちないようにするしかなかった。そうすることで、リンゼイの手を戒めていたレナルドの手が自由に使えるようになったことには気づかずに。

「隠さないで。……ああ、やっぱり肌の白さに赤は映えるわね。ここの赤い花も蜜をたたえてフルフルと震えて……可愛い」

そう呟いてレナルドはリンゼイの花弁に指を滑らせた。そのまますっと迷うことなく蜜口に向かう。

「ひぅ」

ぬちっと小さく音を立てて、レナルドの長い指の第一関節が蜜口に埋まっていく。前の時と同じように異物感がリンゼイを襲った。けれど痛みはない。それどころかお腹の奥がギュッと疼き、どっと蜜が溢れてくる。その蜜を纏って、指がリンゼイの胎内へとどんどん埋め込まれていった。抵抗はない。それどころか膣内がまるでその指を待ち望んでいたかのように蠢き始める。

「すごく濡れてる。あんたの身体、この前のことちゃんと覚えてるのね。指入れただけで中が柔らかくなって、ほら、あとからあとから蜜が溢れてきてる」

「……ああ、ん、くぅ」

リンゼイは奥へと差し込まれる感覚に声を漏らしながら、顔を赤く染めた。レナルドの言う通りだ。リンゼイの身体はこの間のことを覚えていて、ドレスに手をかけられた時から密かに潤い始めていたのだ。再び触れられることを求めて。

——自分はなんて淫らなんだろう。たった一度触れ合っただけなのに。

……けれどそう思うたび、背中に震えが走るのはなぜ？

初めは好奇心、知りたいという欲求から取引に応じた。でもそれはレナルドが純潔を守ってくれると約束してくれたからだ。でなければ、いくら執筆のためとはいえ、決して取引には応じなかっただろう。安全だと分かっていたから無茶ができたのだ。けれどこれ以上行為が進めば無傷ではいられなくなるだろう。夫となるべき相手に捧げるものを、奪われてしまうかもしれないのだ。

……ああ、けれどこの綺麗な人に奪われることを考えると、胸がざわつくのはなぜ？

触れて欲しい。けれど、怖い。この先にあるものを知りたい。けれど、これ以上はダメ。

——一体、自分は何を望んでいるのだろう？

「……っあ、んんっ……だ、め……」

奥まで差し込まれた指がゆっくり抜き差しを始めた。指の腹で敏感になった壁を擦られ、内股がビクンと震える。ぬちゃぬちゃと粘着質な水音が馬車の中に響き渡った。狭い空間での音はやけに大きく聞こえてしまい、更に羞恥心を煽る。なのにどういうことだろう、音が大きくなればなるほど奥からますます蜜が染み出してくるのだ。

「こんなに熱く潤んで指を締め付けてくる……気持ちいい？」

リンゼイの感じる場所をからかうように擦り上げながらレナルドが問う。

「き、聞かないで、下さい……！」

ぷるぷる震える手で座席を握り締め、唇を噛みしめながらリンゼイは襲ってくる快感に耐えた。でなければ今にも嬌声が喉をついて出てしまうだろう。

「もう一本増やそうか」

「……はぅ……！」

指が二本に増やされ、その指にまで奥の感じる場所を暴かれ、リンゼイの腰がビクンと跳ねる。

「や、やぁ！　そこっ……！」

大きな声が漏れそうになってハッと口をつぐむ。そんなリンゼイをよそにレナルドの指はゆっくりと抜き差しをしながらバラバラに動き、胎内を蹂躙していく。奥の感じるところばかりではなく、奥を穿《うが》ったまま手首を返され、ぐるりと壁が擦られて身悶えするほどの快感が上ってきた。奥からどっと蜜が溢れてレナルドの手を濡らす。そのことが更に羞恥を煽った。

「……も、お願い……許し、て……」

戦慄《わなな》く唇でリンゼイは懇願した。このままだとこの馬車の中で達してしまうだろう。そうしたら声を抑えられなくなるに違いない。けれど、レナルドはリンゼイの懇願を無視して、淫らな音を響かせながら抽挿を繰り返す。

「あ、ああ、や、お願い、声が、出ちゃう……！」

「大丈夫。少しくらい声が漏れたって車輪の音で掻き消されるわ」

　レナルドはそう言ったあと、不意に動きを止めて淫らに笑った。

「……そうね、声が気になるなら、ほら、これでも口に咥えてなさい」

　そう言ってレナルドがリンゼイの口の中に突っ込んできたのは、リンゼイの着ている赤いドレスの裾だった。

「ふ……ぐ……」

　リンゼイは反射的にそれを歯で噛みしめ咥える。けれどその際ふと自分の姿が目に入ってしまい、リンゼイはめまいがする思いだった。ドレスの裾を口で咥えてまくり上げ、跪いたレナルドの目の前に大きく足を開いて局部を晒す自分。それはまるで自ら彼に捧げているかのようではないか！

　羞恥にリンゼイの全身が赤く染まった。

　そんなリンゼイにレナルドは華のような笑顔を向ける。

「これで、多少声が大きくなろうが大丈夫よね。だから……あんたを味わわせて……？」

　そう言ってレナルドはリンゼイの、蜜をたっぷりとたたえ赤く充血し震えている部分に顔を寄せた。それを見下ろすリンゼイはまさかと思った。けれどその一瞬あとに熱い吐息とともに割れ目を温かい舌でぞろりとなぞられて、声を上げた。

「……んんっ！　ん、ふ、ふぅ、んっ……！」

　甘い悲鳴は口の中の布に吸い込まれ、くぐもった声にしかならなかった。

ざらざらとした舌が秘裂をねっとりと舐め上げていく。リンゼイは背筋を駆け上る快感の波に身を震わせた。ぴちゃぴちゃという音を立てて、舌と唇が染み出してくる蜜を舐め上げていく。与えられる快楽と羞恥にリンゼイはぎゅっと目を瞑った。そこにレナルドの声が飛ぶ。

「だめよ、目を開けてしっかり見てなさい。あんたは作家よ。その目でちゃんと見なければ描写などできないでしょ？」

「……んンっ！」

充血し、赤くなった花弁に歯を立てられ、リンゼイは目を開けざるを得なかった。そうしなければレナルドがもっときわどいことをするような気がしたのだ。

リンゼイは言われた通り涙で滲んだ目で自分を見下ろし、その淫靡な光景に息を呑んだ。レナルドの顔がリンゼイのむき出しになった秘部に埋まっていた。それだけじゃない。上半身が座席に沈んだ斜めから見下ろすこの角度だと、リンゼイの蜜口に埋まっている舌の動きまで見えてしまうのだ。彼の尖らせた赤い舌が蜜をたたえた花弁と蜜口を我が物顔で舐めしゃぶっていく。その視覚での刺激と下半身から湧き上がってくる愉悦《ゆえつ》に、リンゼイは髪を振り乱して首を振った。けれどそれは制止ではなく、羞恥をも凌駕してしまいそうな快感をどうにかしたいためだった。

そこにトドメとばかりに充血して立ち上がっていた敏感な花芯を口で捕らえられ、きつく吸われた。リンゼイの腰がビクンと跳ね、その拍子にお尻が座席から滑り落ちて、レナ

ルドの顔に密《ひそ》やかな部分を強く押し付ける形になってしまう。とっさにレナルドはリンゼイのお尻の下に手を回して支えると同時に、口の中に飛び込んできたその蕾に歯を立てた。歯で甘噛みされ、舌で押しつぶされ、その敏感な部分に与えられた快感に、リンゼイは一気に絶頂に押し上げられる。

「んんんん！　ん、んんっ！」

甘い悲鳴が口の中の布に吸収されていく。奥からどっと蜜が溢れ出し、それをレナルドの口が受け止めた。舌が蠢き、それを舐めとっていく。けれどリンゼイは絶頂のあとの余韻で頭が働かず、荒い息の中、それを惚けたような表情で見つめていた。いつの間にかドレスの裾は口の中から外れていた。

レナルドは顔を上げ、そんな彼女のお尻をそっと座席に戻すと、頬を赤く染めぼうっとしているリンゼイの頬に手を伸ばして言った。

「どう？　前とは違っていたでしょう？　男が女を愛する方法は何通りもあるの。あんたにはまだまだレッスンが必要よ」

リンゼイはレナルドを見たあと、こくんと頷いた。彼女はレナルドからもたらされる悦楽に圧倒されていた。けれど、まだまだこんなものではないという。何通りもやり方があると。それが知りたいとリンゼイは思った。

けれど、そう思う気持ちの中で「執筆のため」という部分がどんどん小さくなっていっているのも、リンゼイは感じていた。

5　取引の終了

——チュリヒ伯爵の屋敷に強盗が侵入した。

　リンゼイがそれを知ったのはチュリヒ伯爵のパーティに出席した二日後のことだった。使用人の一人が街中で噂になっているのを聞いてきて、リンゼイがそのパーティに出席したこともあって慌てて教えてくれたのだ。

　何でも強盗が押し入ったのは、明け方のことらしい。侵入した場所からお金になりそうなものを片っ端から盗んでいったそうだ。手口からみて、最近貴族たちの館で盗みを働いている窃盗団の仕業で間違いはないという。侵入の形跡があったのは、一階の図書室の窓で、おそらく使用人が戸締まりを忘れてしまった箇所を突かれたのだろう。これはその窃盗団の特徴で、屋敷によって場所こそ違うが、施錠し忘れていた場所を見つけて侵入する手口だった。屋敷の者が気づかないうちに入り込み、目についた高価なものを盗んでいく。けれど決して深追いはせず、侵入時間は短時間。屋敷の者は朝になるまで侵入されたことに気づかないことも多いそうだ。

チュリヒ伯爵も戸締まりには注意していたとは思うが、あの夜はパーティで大勢の客が屋敷に入っていたし、使用人たちも準備で忙しかっただろうからつい施錠し忘れたとしても無理はない。

「お嬢様、泊まらなくてよかったですね。強盗と鉢合わせなんて洒落にもなりませんもの」

「そうね」

明け方というと、パーティに参加していた貴族の何人かは伯爵の屋敷に宿泊していただろうから、さぞ肝を潰したことだろう。レナルドとリンゼイは泊まらずに屋敷を辞して正解だったのだ。けれど、リンゼイは侍女と話しながら、何か引っかかるものを感じていた。

強盗、という言葉をついこの間聞かなかったか……？　それもその伯爵のパーティの席で。

そう、レナルドに悪意をぶつけてきたダニエルという男だ。彼が最後に投げかけた言葉が「強盗にはせいぜい気をつけろ」というものだった。窃盗団の話は貴族の間ではかなり話題になっていて、あのパーティでもあちこちで囁かれていた話だったから、彼がそれを引き合いに出してもおかしくない。……おかしくはないが、何か変だ。唐突だったし、妙に含みがあった。

……まさか、あのダニエルという男、この事件に何か関わりがあるんじゃ……？

それは穿った考えだろうか。最後に強盗という言葉を出しただけで、関わりがあると断ずるのはあまりにも短絡的だろう。けれど、一度そう思ってしまったら気のせいだとは思えなくなってしまった。

もしダニエルがあの夜チュリヒ伯爵の屋敷に泊まったうちの一人だったら？　そして戸締まりしていたはずの図書室の窓の鍵を外して窃盗団を中に引き入れたのだったら？

あの窃盗団はパーティ後の貴族の屋敷をよく狙っていたという。大勢人が出入りして、警備も手薄になるからだと思っていたが、本当はあのダニエルがパーティの招待客として内部に入り込み手引きしていたからでは……？

レナルドによれば援助を打ち切られて困窮しているはずの彼がパーティによく出席していると言う。そう言われたダニエルも、援助されなくても別にお金が入るアテができたと言っていたではないか。それがもし盗品を売りさばいて得ているお金だったら……。

リンゼイは頭を振った。今の段階では単なる机上の空論だ。もし、という不確定の言葉が多すぎる。ダニエルがあの夜チュリヒ伯爵の屋敷に泊まったかどうかも定かではないのだ。これを証明するにはダニエルがチュリヒ邸に泊まったかどうか調べ、更に被害に遭った貴族宅で行われていたパーティにダニエルが出席していたかどうかも調べなければならないだろう。けれど、そんなことを調べる伝手《つて》はリンゼイにはない。

――でも、レナルドやジェイラントはどうだろうか？

二人は城で要職についている。多くの貴族と交流もあるし、いろいろと伝手もあるに違いない。それに……リンゼイが気づいたことをレナルドが気づいていないということはあるだろうか。

リンゼイは近くにいた侍女に声をかけた。

「これからクラウザー邸に行きます。馬車の用意をお願い」

この件についてレナルドと話をしてみよう。これがリンゼイの単なる勘違いならいいが、本当だった場合これ以上の被害を防ぐことができるかもしれないのだ。

だが、着替えていざ自室を出ようとしたその時、馬車のことを執事に伝えに行っていた侍女が足早に戻ってきて言った。

「お嬢様、ベイントン商会のジョスラン様が今いらして、お嬢様にお会いしたいと……」

「ジョスランが……？　アリスも一緒かしら？」

「いいえ、ジョスラン様お一人のようです」

リンゼイは思わず顔を顰めた。きっとリンゼイの婚約のことで、考え直すように言葉を尽くして言ってくるに違いない。この間の街中でのことを考えると顔を合わせたい気分ではないが、ここで避けてもまたしつこく何度でもやってくるだろう。リンゼイは覚悟を決めた。

「分かったわ。応接室にお通しして。あとジョスランとの話が終わり次第そのまま出るので、馬車を待機させるように伝えてね」

「畏まりました」

リンゼイは侍女を見送ったあと、ケープを羽織ったまま部屋を出た。それはジョスランにこれから外出するつもりだと示すためだ。そうすればそれを理由にいつでも話を中断することができるだろう。

応接室にたどり着くと、ちょうど扉から出てくるベイントン家の執事にばったり出会った。おそらく彼がここまでジョスランを案内してきたのだろう。リンゼイは中にいるジョスランに聞こえないように執事に小声で扉の外に待機するように告げたあと、応接室の中へ入っていった。

「ジョスラン、お話とは何でしょう？」

「リンゼイ」

リンゼイを立って迎えたジョスランは、いつもと変わらないように見える。濃紺という地味ながら質のよい上着をきっちりと着こなし、ダークブロンドの髪を後ろに撫でつけたその姿はどこから見ても有能な商人で、若さと自信に溢れていた。

……けれど、その自信満々の言動が鼻につくように感じ始めたのはいつだっただろう。支部を任された当時はこんな風ではなかったのに。

いつものように手にキスでもするつもりか、ジョスランがリンゼイに近づく。けれどリンゼイはそれを制止するように手を上げて言った。

「ジョスラン、私はこれから外出する予定がありますので、どうかお話は手短にお願いします」

とたん、ジョスランの自信に溢れた余裕のある表情が崩れた。代わりに現れたのは街中でリンゼイとレナルドに「諦めない」と宣言した時と同じ険しい表情だ。

「……出かけるとは、あいつのところに、ですか？」

その表情に怯みながらもリンゼイは頷いた。

「え、ええ、そうです。レナルド様のところです」

「ダメです、リンゼイ、あの男はやめておきなさい」

いきなりの命令口調にカチンときたリンゼイは、昂然と顔を上げて言った。

「それはあなたには関係のないことです、ジョスラン」

「あの男はダメです」

リンゼイの言葉をまるで聞いていないかのように繰り返し言ったあと、ジョスランは腕を組んで険しい表情のままで続けた。

「あの男のことを調べました。ベイントン商会の顧客には貴族が大勢いるので、すぐに知れましたよ。王室図書館の副館長を務めているそうですが、女性言葉を使う変人として有名な男でした。それだけではありません、あいつは昔、街のゴロツキたちと交流があったそうですよ」

「街のゴロツキたち？」

初めて聞くことにリンゼイは面食らって聞き返した。

「ええ、なんでも悪さをする難民孤児たちとよく一緒にいたそうです」

「難民孤児たち……」

その単語で浮かんだのは倉庫長のベンだった。確かレナルドは彼が難民の、しかも孤児であると言っていた。きっとジョスランの言う「街のゴロツキ」とはベンたちのことに違いない。リンゼイはおかしくなってクスクス笑い出した。レナルドが街のゴロツキと付き合いがあるなら、ベイントン商会は街のゴロツキを雇っていることになる。

「リンゼイ？」

「ジョスラン、それは大きな誤解というものです。街の人たちと交流があるというのは本当ですが、彼らは決してゴロツキなんかではありません。どうも私の婚約者に対して悪意ある人から話を聞いたみたいですね」

まるで動じていないリンゼイを見て、彼は戦術を変えてきた。

「リンゼイ、あなたはあいつに騙されているんです」

「騙す？」

「ええ、そうです。相手はクラウザー家。建国当初からある名門の家系です。対してあなたは……とてもすばらしい女性ですが、貴族としては一番下の準男爵の娘にすぎない。失礼な言いようですが、本当に釣り合いが取れると思いますか？」

その言葉に、リンゼイの胸の奥がツキンと痛んだ。

「彼ら貴族は家のため、利益のために結婚する。けれど、伯爵家の跡取りである彼はあなたを娶ってても何もメリットはない。なのになぜあなたに近づいたのです？　あなたを騙すため、利用するために決まっている。用済みになれば、弄ばれて捨てられるのがオチです」

「レナルドさんはそんな方ではありません」

リンゼイは静かに首を振った。そう、それにジョスランはレナルドがリンゼイを婚約という甘い言葉で騙していると思っているようだが、真実は違う。彼とリンゼイの間にあるのは取引だ。リンゼイはレイチェルが無事に結婚するまでレナルドの婚約者でいる。終われば速やかに解消される。……ただそれだけのこと。

「弄ばれるだなんてとんでもない。それに私は騙されてもいません」

けれどジョスランは顔を上げて嘲るように言った。

「だったら、なぜ社長がいない今なのです？　ついこの間まであなたは婚約のことなど何も言ってなかった。いえ、そもそもあなたの周囲にあんな男の影などなかったはずだ。なのに、なぜ社長がこの地を離れているこの時期に？　答えは決まっている。あいつは社長がいない隙にあなたを騙そうとしているのです」

「いいえ、それも違います。それに、この婚約について父の許可は得ています」

リンゼイは目を細めてジョスランを睨むように言った。だんだんこの会話が苦痛になってきていた。レナルドに対する悪意のある彼の言葉は、ジョスランにしたら当然かもしれない。けれど彼には分からないのだろうか。その言葉がレナルドを侮辱するのと同時にリンゼイをも侮辱していることに。

「社長が……？」

ジョスランが目を見開き、愕然としたように言った。リンゼイは昨日届いた父の手紙を思い出しながら頷く。正確に言うなら「レナルドの婚約者を演じる許可」を事後承認の形で得ただけなのだが、それはジョスランにはあずかり知らぬことだ。それに……。

「父はレナルド様をよくご存知ですから」

――『彼によろしく伝えて欲しい』

ふとリンゼイは父が手紙の最後に結んだ言葉を思い出しながら付け加える。手紙の中には「彼に協力してやってくれ」という言葉もあり、行間にレナルドへの親しさが表れていた。リンゼイはまったく知らなかったが、レナルドと父は旧知の仲だったようだ。もしかしたら、そのこともあって彼は仮の婚約をリンゼイに依頼したのかもしれない。貴族であれ庶民であれ、普通の親だったら会ったこともない相手にそんな芝居を承諾するわけがないのだから。

「社長も、承知したと……？」

ショックを受けているジョスランをリンゼイは見上げて言った。

「ジョスラン。もしたとえレナルド様と婚約していなかったとしても、私はあなたを選びません。私にとってあなたは兄同然。それ以上には思えないのです」

思えばもっと早くにはっきり言うべきだったのだ。そうすればジョスランはリンゼイを諦めて別の女性に意識を向けることだってできただろう。けれどリンゼイはアリスの気持ちを知りながら、それでも曖昧な態度を続けていた。「自分のような中途半端な立場の結婚相手としては最善」という、どこか打算的な気持ちがあったからだろう。けれど、それはジョスランに、そして何よりアリスに失礼だ。

「それに、私があなたと結婚したら、ベイントン商会に波風が立つでしょう。それはあなたが誰よりもよく分かっているはずよね、ジョスラン？　私は私をベイントン商会の後継問題から切り離そうとした父の気持ちを蔑《ないがし》ろにしたくないのです」

それからリンゼイは目に強い光を浮かべてはっきり口にした。

「だから私はあなたを選べない。いいえ、選びません」

「リンゼイ……」

ジョスランの顔がゆがんだ。

「ごめんなさい。でもこれが私の正直な気持ちです。それに、あなたにはあなたを今まで支えてくれたアリスがいるでしょう？　彼女を大切にしてあげて」

「アリスはただの部下です！」

ジョスランが叫んだ。

「一度たりとも結婚相手にと思ったことはない！　私はあなたがいいんです！」

避ける間もなく距離をさっと詰められ、腕を掴まれたリンゼイは息を呑んだ。

「は、離しっ」

「社長が無視できないくらいに支社を大きくしてみせる！　あなたに相応しいのは私で

す！　あいつじゃない！」

身体を引き寄せられそうになったリンゼイは悲鳴にも似た声で叫んだ。

「もう、お話は終わりです！　お帰り下さい！」

その次の瞬間、応接室の扉がノックもなしに開いた。姿を見せたのは、扉の外で待機していた執事だ。ジョスランがギョッとしてリンゼイの手を離す。その隙に素早く距離を取ったリンゼイは執事に言った。

「ジョスランがお帰りです」

「承知いたしました、お嬢様」

リンゼイが生まれる前からベイントン家に仕えてくれている壮年の執事は硬い表情をジョスランに向けて、同じように硬い声で言った。

「玄関までご案内いたします。ジョスラン様」

ジョスランはリンゼイを見、それから執事の表情を見ると顔を背けて小さく舌打ちした。

「分かりました。リンゼイ、今日のところはこれで失礼します」

どうやらさすがのジョスランもこれ以上は無駄だと諦めたようだ。ホッとするリンゼイに、けれど、扉に向かって歩き出したジョスランが振り返って言った。

「私は諦めません、リンゼイ。生まれというのは変えられない。商人の娘として生まれ育ったあなたはどんなに取り繕っても所詮は商人の娘です。生まれた時から貴族であるあいつとは違う。一緒になってもみじめな思いをするだけです」

その言葉はリンゼイの胸に突き刺さった。

「あなたに相応しいのは同じ階級で生まれ育った私だ」

そう言い放つと、ジョスランは踵を返して応接室から出て行った。リンゼイに黙礼したあと執事がそれを追いかける。見届けたリンゼイは近くにあったソファに腰を下ろした。

時計の時を刻む音だけが、静かな応接室に響く。その音を聞きながらリンゼイはそっと胸に手を当てた。

――生まれというのは変えられない。どんなに取り繕っても所詮は商人の娘。

「……そんなことは分かってる」

ジョスランに言われなくても、そのことを誰より知っているのはリンゼイ本人だ。だからどんなにレナルドの家族に望まれても、レナルド本人が気にしないと言ってくれても、期待してはダメ。……これは取引にすぎないのだから。


しばらく経ってから玄関に行くと、執事がドアの近くに立っていた。

「ジョスランは？」

「お帰りになりました。外出するお嬢様を待ち伏せできないように、馬車で自宅までお送りするように手配いたしましたので、安心なさってください」

いつもながら優秀で手際がいい。リンゼイは苦笑しながらお礼を言った。

「ありがとう。あそこで来てくれて助かったわ」

「いえ、何事もなくてよろしゅうございました」

執事は首を横に振りながらそう言ったあと、玄関の扉に向かって少し遠い目をして呟いた。

「ジョスラン様は……変わられてしまいましたね。前はあんな風ではなかったのに」

「……ええ」

ハルストン支部を任される前のジョスランはあんな感じではなかった。礼儀正しく思慮深く、商売に対しても人に対してもとても真摯に取り組む青年だったのに。けれど、事業が成功するにつれ、少しずつ変わってしまった。

「成功というのは容易に人を変えてしまうのです。私と旦那様はそんな風に変わり、自滅していく人間を数多く見てきました。お金と権力と驕りが周りを見えなくしていくのでしょう。私の知る限り、成功しても変わらないのは、ベイントン家の人たちだけですよ。どんなに会社が大きくなり、各国に支社がたくさんできようが、旦那様たちが変わることはありませんでした」

そこにはリンゼイの家族だけではなくて、叔父や従兄弟の家族も含まれるのだろう。彼らはいつだって実直で誠実で、何事にも真摯に取り組む。

「だから旦那様たちの周囲には慕う人間が多く集まるのです。旦那様も常々言っておられるではないですか。ベイントン商会の最大の財産はそこで働く人たちなのだと。……それをジョスラン様は忘れてしまっているようですね」

執事は残念そうに呟いた。

「今の彼は自分の周囲がよく見えていないようです。足下を掬われることがないといいのですが……」

――その呟きは妙に長くリンゼイの耳に残っていた。


先触れを出さずに来てしまったことを思い出したのは、クラウザー邸の敷地の門を通ったあとだった。門番がリンゼイを覚えていたからすんなり通してもらえたが、考えてみればいきなり訪ねてもレナルドの都合もある。今日は彼の休みの日だったたと思うが、外出していないという保証はないのだ。

幸いリンゼイを玄関で迎え入れたクラウザー家の執事によれば、今日レナルドは屋敷にいて外出予定はないそうだ。だが、先客がいて、玄関ホールでレナルドが来るのを待っていたその彼とばったり出くわした。

「ランダル⁉」

驚くことにそれはレナルドの部下でアデリシアの双子の兄であるランダルだった。

「やっほー、リンゼイ、久しぶり！」

ランダルはにこにこ笑いながらリンゼイに手を振った。男装したアデリシアとそっくりだが、相変わらず陽気というか能天気な性格で、受け答えのすべてが妙に軽い。

「ランダル、外国に行っていたのではないの？」

「うん、今朝ハルストンに着いたばかり。緊急に報告したいことがあるから、下宿にも戻らずにこっちに直接来たんだ。あ、最近まったく連絡取ってないけど、アディやジェイラントさんは元気？」

「私に聞くより、直接アディのところに顔出しに行って。心配していたわよ」

　相変わらずの調子にリンゼイは苦笑してしまう。けれどなぜか憎めないのだ。貴族の男性には身構えてしまうリンゼイも、彼相手にはまるでアデリシアにしているように気楽に話すことができる。

「分かってるって。あとで顔出しに行くつもり。ところでリンゼイ、レナルドさんと婚約したんだって？」

「え、ええ」

　唐突に言われて、戸惑いながらリンゼイが頷くと、ランダルはへらっと笑った。

「そりゃ残念。リンゼイとは話も合うし、誰も申し込まないなら僕が立候補しようと思ってたのになぁ」

「は？」

　目を丸くする。いきなりこんなところで何を言い出すのだろうか。けれど、目の前のランダルは笑っていて、それが冗談であることがすぐに見てとれた。

「ランダルったら」

「ふざけたことを言うんじゃないわよ、このくそガキが」

突如降ってきた声にランダルと二人ハッと顔を上げると、中央の階段を降りてくるレナルドがいた。レナルドはリンゼイたちの前までやって来ると、リンゼイの腰に手を回してランダルから遠ざける。

「まったく、わざわざ出迎えにきてやったというのに、人の婚約者を口説いてるんじゃないわよ」

「いえ、別に口説いては……」

そう口を挟んだのはリンゼイだ。当のランダルはというと、リンゼイの腰に回されたレナルドの腕を見てにやにや笑う。

「独占欲ですか、レナルドさん。もう、ジェイラントさんのことをあれこれ言えませんよ」

「お黙り。あんたが人のものにコナかけようとしているからでしょ」

「ええ、冗談でもダメですか？」

「当たり前！」

本気だか冗談だか分からない会話を交わしたあと、レナルドは腕の中のリンゼイを見下ろして尋ねた。

「ところで今日はどうしたの、リンゼイ？」

「あ……」

リンゼイは言いよどんだ。ダニエルと窃盗団の話はこんなところでするものではないし、何より先に緊急の報告があるとわざわざ屋敷まで来たランダルの方がまず最優先されるべきだろう。

「私の用事は急ぎではないんです。ランダルの話が終わるまで待っています」

「そう、悪いわね、すぐに終わらせるから。待ってる間、図書室でも行ってる？」

「えー、図書室いいなぁ！」

口を挟んだのはランダルだ。レナルドがランダルを睨みつける。

「あんたは何しにきたのか忘れたの？」

「忘れてませんよ。でもこの件で飛び回っていて、もう何日も本に接してないんですよ、僕。その間いろいろ新刊が出ていたかと思うと！」

「報告が終われば休暇をやるから、思う存分本屋に行けばいいでしょ。でも今はダメ、あんたを図書室から引っ張り出すのに苦労するから」

それからレナルドはリンゼイに顔を向けて言った。

「ここから執務室に行く途中に図書室があるんだけど、こいつね、図書室の前を通るといつもふらっと入ろうとするの。使用人じゃ止められないし引っ張り出せないから、アタシが入らないように監視するしかなくてさ」

「ランダルらしいですね」

思わずクスクス笑ってしまう。玄関に迎えに出て、おそらく帰る時には玄関まで監視しなければならないレナルドにとっては笑い事ではないだろうが。

「面倒ったらありゃしないわ」

だがそう言いつつ、しっかり面倒を見てしまうあたりがレナルドらしい。

「じゃあ、ランダルの話が終わったら迎えに来るから、好きに読んでていいわよ」

「はい」

本の話をしながら三人連れだって図書室の前まで来ると、レナルドは図書室に入りたがるランダルの首根っこを掴み、引きずるようにして執務室の方へと消えていった。

あの様子ではここでの話が終わった後、ランダルは図書室に籠るか、屋敷を出ても本屋に直行してしまいそうだ。スタンレー侯爵家に顔を出すようにもう一度念を押しておかねば。そう思いながらリンゼイは図書室に入った。

ここに入るのはこれで二度目。最初は屋敷の主要箇所をレナルドに案内された時だ。その時は天井まである壁一面の棚に整然と並べられた本の空間に圧倒されたものだ。今だってそう。ほうと感嘆のため息をついたあと、リンゼイは壁ではなくこれまた整然と並べられた低い棚の方に向かった。こちらの棚は比較的軽い読み物が多い。棚をざっと見渡すと今度の作品の舞台にしたいと思っていた国の紀行文が目に入った。

けれど、その本を取ろうと手を伸ばした時、ふと疑問が湧いた。ランダルは渉外員として王室図書館に置く本を購入するという仕事に就いているはず。なのになぜ「もう何日も本に接していない」という言葉が出てくるのだろうか？

……ランダルの仕事は本の購入ではないの？　わざわざ屋敷まで来て報告ということは何かを調べていたということ？

けれどリンゼイはその疑問を頭を振って追い払った。王室図書館の仕事はリンゼイには関係のないことだ。首を突っ込むわけにはいかない。レナルドだって部外者のリンゼイに詮索されたくないだろう。

気持ちを切り替えて、本を手に取る。それから次から次へと手を伸ばし、気づけばあっという間に手に五冊ほどの本を抱えていた。けれど、いざ読もうと思ってもこの図書室には読書のためのソファはあるが、机の類はない。読みながら必要な箇所をメモするつもりでいたリンゼイには少しばかり不便だ。少し思案したあと、リンゼイはこの本を部屋に持って行くことに決めた。レナルドとレイチェルが整えてくれたあのリンゼイの部屋だ。

リンゼイはその許可をもらおうと、本を抱えながら図書室を出てレナルドの執務室に向かった。ノックをしてほんの少し顔を出して一言断ってすぐに離れるつもりだった。けれど、執務室の扉の前に来たリンゼイは、目の前の扉が完全に閉まってなくてほんの少しだけ開いているのに気づいた。おそらくランダルの首根っこを捕まえながら部屋に入ったので完全には閉まらなかったのだろう。自分があとでしっかり閉めていけばいいと、本を片手に抱えながらノックをしようとしたその時、中から漏れてくる言葉の中に「ベイントン商会」の名前が聞こえて、手を止めた。

「そう、ベイントン商会の特別御用品が使われているのは確かなのね」

ため息交じりに言ったのはレナルドだ。続いて聞こえてきたのはランダルの声。いつもの能天気な声とはまるで違い、真剣そのものの声だった。

「はい。ベンさんの紹介で向こうの倉庫長に話を聞けました。図書館から本が盗まれた時期や向こうのオークションで発見された時期から逆算してその国に到着したと思われる期間に特別御用品があったか尋ねたんです。倉庫長はちゃんと覚えてました。その時期、届いた御用品は二件のみ。いずれもとある侯爵が娘の婚礼のために依頼した品物でした」

「二件とも?」

「はい、一週間あけて同じ宛先の荷物が届いたのです。でも珍しいことではないそうです。用意が調った品から先に送ることもあるのだとか。でも倉庫長がその特別品を覚えていたのには訳がありまして、あとに届いた方の品は侯爵の使いだという男たちが直接倉庫まで荷物を引き取りにきたんだそうです。普通、特別品はベイントン商会の人間が屋敷に運ぶらしいんですがね。ベイントン商会が発行した引き換え用の書類を持参していたので、倉庫長は信用して渡したそうですが、でもやっぱりちょっと引っかかったそうですよ。で、僕、伝手を頼って今度はその侯爵家の使用人から話を聞いたのですが、彼が言うにはベイントン商会に依頼した品が届いたのは一度だけだったそうです」

「つまり、二度目の侯爵の使いとやらが持って行った荷物は侯爵が依頼した品ではなかったということね」

「はい。その二度目の荷物に盗品が入っていたのだと思います」

リンゼイは扉の外で呆然としていた。今聞いたことが信じられなかった。けれど、中で話していることの内容は、ベイントン商会の売りの一つである特別御用品が不正品を運ぶのに使われているという話だった。その中にはレナルドの勤める王室図書館から盗まれた本が入っていて……？

「その倉庫長はその特別御用品がどこから来たのか、誰が一連の書類を作成したのか覚えていた？」

「はい。彼ははっきり覚えていました。荷物はここ、ハルストン支部から出荷されたもので、書類の作成者は支部長のジョスラン・シューです」

ドクン、とリンゼイの心臓が一際大きな音を立てた。……ジョスランが？　まさか？

「やっぱりあいつか……」

唸るようにレナルドが言う。

「あれ、ご存知ですか？」

「ちょっと別口で顔を合わせたことがあるのよ。それでランダル、書類は？　書類は残ってなかったの？」

「はい。残念ながら書類はまとめてハルストン支部に返送済みだそうです」

「チッ、じゃあ、都合の悪い方はとっくに始末されているわね」

リンゼイはノックするために上げていた手で額を押さえた。頭が混乱していた。

……ジョスランが、盗品を特別御用品に紛れ込ませて他国へ輸出している……？

まさかと思った。確かにジョスランは前とは変わってしまった。けれど、ベイントン商会に対する忠誠心は変わってないと思っていた。だけど、ジョスランは会社に大打撃となりうる背信行為をしているという。中で二人が話をしているのはそういうことだ。

ランダルが不意に言った。

「それはそうと、こっちではどうなりました？　ダニエルは？　彼を捕まえることができれば、芋づる式にジョスラン・シューにたどり着くのでは？」

「ダメね。人を雇ってあいつの動向を窺ってはいるけど、最近は城には近づかないのよ」

ダニエルの名前が出てきてリンゼイはハッと顔を上げた。図書館の本が盗まれているという。それはもしかしたらあのダニエルが犯人なのかもしれない。だからこそパーティでレナルドは彼を睨みつけていたのだ。

「その代わりあちこちパーティに顔を出しているわ。そしてあいつが行った先々で例の強盗事件が多発している。単なる偶然とは思えないわね。つい先日もチュリヒ伯爵家がやられたわ。あいつはあの夜泊まったそうだから、おそらく手引きしたんでしょうよ。今まで半信半疑だったけれど、もうこれはほぼ確定ね。ダニエル・ショーソンは窃盗団の仲間よ」

やっぱりレナルドは気づいていたのだ。犯人だと疑っている人物が泊まった家に窃盗団が侵入したとなれば、疑いの目を向けるのは当然だ。リンゼイがわざわざ言うまでもなかったのだ。残念な気持ちと安堵が入り混じった吐息をつくと、リンゼイは今度こそその場から離れようと思った。

一人きりになれる場所で今聞いたことをよく考えなければ。そして何をやるべきか考えなければならない。一つ言えるのは、知ってしまったからには、黙っているわけにはいかないということだ。リンゼイはベイントン家の人間だ。会社の存続に関わることを、他人まかせにはできない。

リンゼイは本を両手で抱え直して、その場から一歩離れようとした。けれど、中から自分の名前が聞こえた気がして足を止めた。

……今、何と言った？

「だけど、あいつは末端にすぎないわ。パーティでリンゼイと会わせてみたけど、ベイントンの名前にも特に興味を示さなかった。盗品がベイントン商会を通じて送られているのもおそらく知らないでしょうね。せっかくリンゼイをあいつの出席するパーティに連れて行ったのだけど、収穫はなかったわ。まぁ、婚約のことを広める役には立ったけど」

――ねぇ、彼は何を言ってるの……？

ドクンドクンと心臓が嫌な音を立てる。あのパーティは欠席できない大事な場だったからレイチェルの代わりに連れて行ったのではないの？　初めからリンゼイをダニエルに見せつけて様子を見るためだった？

「アタシとリンゼイの婚約を知って動きを見せたのはジョスラン・シューだけ。アタシのことを方々に聞いて調べているらしいわ。でもこれは盗品絡みで警戒して調べているのかリンゼイ絡みなのか分からない。チュリヒ伯爵家で強盗騒ぎがあったから何か動きを見せるかもと監視させてるけど、今のところ、会う人間すべて仕事関係であやしい影はなし」

ランダルは盗まれた本を、それがベイントン商会の特別御用品を使って運ばれているのを調べるために外国へ行っていた。でもそれはリンゼイがレナルドに会う前の話だ。……つまり、レナルドは最初からベイントン商会の中に盗品に関わっている人間がいるのを知っていたのだ。そして、ジョスランを疑っていた。ジョスランが……このハルストン文部長だったから。

では、リンゼイは？　ベイントンの名前を持つリンゼイはここにどう関わりがある？

――そんなの馬鹿でも分かるじゃないの。

どこからか自分を嘲る声が聞こえた気がした。

「ベイントン家の娘と婚約したことにして揺さぶりをかけようと思ったけど、揺さぶって出てくるのは思いもかけないことばかり。それどころか事件は最悪の方向に進んでいる感じがする」

……ベイントン家の娘。リンゼイは目を閉じた。やっぱりそう、いつもこの名前がついて回る。リンゼイ自身を素通りして、みんながこの名前しか見ない。レナルドは違うと思っていたけれど、結局は同じ。「ベイントン家の娘」を利用するために仮の婚約を持ちかけたのだ。レイチェルを安心させるためだなんて、嘘。あの取引だってリンゼイを懐柔するため……。

——バカな、私。すっかり騙されて。

「これからどうしますか？」

「流れは摑めたから、盗品を押さえられればそれが証拠になる。でもこればっかりは向こうが動きを見せないとこっちも動きようがないわね。引き続き監視はさせるけど……」

「リンゼイにこのことは？　絶対知りたがると思うし、この際、リンゼイに協力してもらった方がいいと思うんですけど」

「知らせない」

そっけないレナルドの声が聞こえた。胸の奥がチリチリと痛みを訴える。リンゼイは目を瞑ったままぎゅっと本を抱きしめた。

違う。この胸の痛みに名前なんてない。痛いのは傷ついたからじゃない。失望しただけ。

「あの子は知らない方がいいのよ。信頼していた人物が裏切って、会社の存続すら危ういほどの背信行為をしていたなんて。傷つけないで済むならそれに越したことはないわ」

——ほら、やっぱりこの人は私を理解していない。

知るということはリンゼイにとって大きな原動力だ。知らないでいるより知って傷つく方を選ぶ。リンゼイはそういう人間だ。だからこそあの秘密の取引にだって応じたのに。この人は何も分かろうとしていない。

傷つけないで済むなら？　騙して利用しておいて傷つかないとでも思っているのだろうか。それとも真実を知られることなんてないと思っていたのだろうか。ずっと騙し続けられると？　なんて馬鹿にした話だろう。

リンゼイは目を開けた。そして背筋を伸ばし昂然と頭を上げると、本を手にしたまま肩で扉を押し開けて、応接室に入りながら言った。

「今、全部知ったわ」

リンゼイの姿を見て、椅子に座っていたレナルドがハッとして立ち上がる。机の前に立っていたランダルは振り向いて仰天した。

「わわわ、リンゼイ!?」

リンゼイはその様子を見ながら自分に言い聞かせる。

――大丈夫、こんなことで傷つかない。傷ついてなんていない。怒っているだけ。

「最初から言ってくれればよかったのに」

そう言ってリンゼイはレナルドに微笑む。意地とプライドをかけた精一杯の笑顔だった。ちっぽけなプライドだが、それだけが今のリンゼイを支えていた。

「そういうことなら、私は喜んで協力しましたよ？　でもベイントン家の人間だから知らせるわけにはいかなかったのかしら？　会社惜しさに事件をもみ消してしまうかもって？」

「リンゼイ」

レナルドが机を回り込み、リンゼイの目の前にやってくる。その顔は今まで見たこともないほど真剣な表情だった。

「リンゼイ、ちゃんと説明するわ。だから……」

「説明なら今聞きました」

遮るように強い口調で言うと、リンゼイは毅然と顔を上げてレナルドを正面から見据えた。彼女は気づかなかったが、それは最初に会った時と同じ状況だった。あの時もリンゼイは目に強い光を浮かべてレナルドを見上げていた。けれど、あの時と違うのはその目がわずかに潤んでいること。

「初めから全部ちゃんと説明をするから、聞いて」

呼びかけを無視してリンゼイは手にしていた本をレナルドに差し出した。とっさに彼はその本を受け取る。レナルドの両手がふさがったのを確認したリンゼイは淡々と言った。

「仮の婚約のことですが、レイチェルのこともあるからそのままで結構です。パーティで十分宣伝になったようですし、あとは放っておいても勝手に広まるでしょう。でも……」

決然とレナルドを見つめ、はっきり口にする。

「もう取引は終わりです。貸しも借りもありません」

「リンゼイ」

名前を呼ばれて心が震えた。目頭が熱くなる。けれど、リンゼイは懸命に自分に言い聞かせた。……あと、少し。少しだから！

「それでは今日はこれで失礼します」

リンゼイはかすれ気味の声でそう言うと、頭を下げ、それからいきなり踵を返して部屋を飛び出した。けれどその際、扉を叩きつけるように閉めていくことも忘れない。これで両手がふさがっているレナルドは扉を開けるのに苦労するはずだった。

「リンゼイ！」

閉める直前に聞こえたその声を振り切るように、廊下を走って玄関に向かう。途中ですれ違った使用人や、まだホールにいた執事がびっくりしたような顔を向けるがリンゼイは気にする余裕がなかった。一刻も早くここから出たかった。

玄関から出ると、幸いなことにベイントン家の馬車はまだ玄関先にあり、御者も席を外していなかった。リンゼイはすぐに出発するように指示して馬車に乗り込む。ベイントン家に忠実な御者は何も聞かずにその指示に従った。

だから、馬車が動き出して間もなくレナルドが玄関から飛び出してきたが、それをリンゼイが知ることはなかった。

馬車がクラウザー邸の門を通りすぎると、リンゼイはようやく自分にその感情に委ねることを許した。熱い涙が次から次へと頬を伝わっていく。

初めから全部嘘だったのだ。ベイントン家の娘だったから仮の婚約を提案した。レイチェルのことは関係ない。盗品のことで利用するためだったのだ。

『リンゼイ、あなたはあいつに騙されているんです』

ジョスランの嘲るような声が脳裏に蘇る。ああ、本当に彼の言う通りだった。それを否

定してレナルドを疑うこともしなかった自分はなんて馬鹿だったのだろう。

リンゼイは自嘲する。でももう、これでお終い。取引は終わったのだ。だから何事もなかったかのように日常に戻ればいいのだ。

……なのに、なぜこんなみじめな気持ちなのだろう？　なぜ涙が止まらないのだろう？

……なぜ、こんなにも胸が痛いのだろう？

『それは恋じゃないかしら？』

「……違うわ、アディ」

涙を流しながらリンゼイは呟いた。

——そう、この痛みがどこから来るのかなんて、知らない。この感情に名前なんてない。

「これは、恋なんかじゃない」

けれどその呟きは馬車の中で虚しく響いた。


「もう、リンゼイを利用するなんて、あの二人ったら、酷《ひど》すぎるわ！　黙認したジェイラント様も同罪よ！」

アデリシアがティーカップに口をつけながらプリプリ怒りながら言った。

あの日から一週間経った。何もする気力が湧かず、外に一歩も出ない日々が続いていたが、その間にレナルドは本人に知られてしまったからなのか、真実をアデリシアにも告白したらしい。それで心配した彼女がベイントン邸を訪ねてくれたのだ。そして彼女が言うには、リンゼイを利用する件についてはジェイラントも当初から知っていて黙認していたのだそうだ。もっとも、紹介した動機は嘘偽りなく善意からだったらしいが。

アデリシアは「こんなことになってごめんなさい！」と言ってくれたけれど、不思議なことにリンゼイはなぜかジェイラントには腹が立たなかった。リンゼイの感情が向かうのはそれが何であれレナルドだけだ。けれど、リンゼイは頑なにその理由からは目を逸らしていた。

「リンゼイの代わりにレナルドさんにも怒っておいたからね。もう、リンゼイの人の好《よ》さに付け込むなんて」

アデリシアはまだプリプリ怒っている。彼女に申し訳なくてリンゼイは言った。

「ありがとう、アディ。それとごめんなさい」

「え？　なんでリンゼイが謝るの？　リンゼイは何も悪くないでしょう？」

アデリシアは目を丸くする。けれど、リンゼイはアデリシアがレナルドのことを兄のように慕っていたことも知っている。レナルドだってもう一人の妹のように可愛がっていたはずだ。今回のことで二人の仲がギクシャクしてしまったら、いたたまれない。

けれどアデリシアは笑って首を横に振った。

「リンゼイ、この間言ったはずよ。何があっても私はリンゼイの味方だって。レナルドさんのことは大好きだけど、でも私にとってはリンゼイの方がもっと大切なの」

「アディ……」

目頭が熱くなる。このところすっかり涙腺が緩くなってしまった。ついこの間まではほとんど涙など流すことはなかったのに。

「リンゼイ。私はいつだってリンゼイの味方だし、リンゼイには幸せになって欲しいと思ってる。だから、ちょっとお節介するわね。……ねぇ、リンゼイ、あれから毎日レナルドさんここに寄ってるんですって？」

いきなり問われてぎくりとした。

「え、ええ」

そう、あれから毎日レナルドはリンゼイに会いにベイントン邸にやってくる。仕事に行く前、仕事から帰ってきた時。でもリンゼイが会うのを拒否していた。

「リンゼイだって本当は分かってるんでしょう？　確かにレナルドさんはリンゼイを利用するつもりで婚約者の役をやらせようとした。でもそれはあなたへ悪意があってのことじゃない。ベイントン商会を潰さないで何とか秘密裡にことを収めようとしているからだって」

「……分かってるわ」

そう、分かっている。落ち着いた今は、いや、扉の外で話を聞いていたあの時から分かっていた。レナルドは好きでリンゼイを利用したわけじゃない。すべてベイントン商会のための行動だったということも。

「理性では分かってるの……彼が言ったことすべてが嘘だったわけじゃないって。だから、こんな風にひきこもっていないで、ベイントン商会のために彼に進んで協力しなければって。でも、心が追いつかないの……」

リンゼイが震える声で言った。ああ、また涙が出てきそうになる。

レナルドが言ったことしたことが全部ベイントン家の娘だったからだと思うと、心のどこかが軋《きし》んで悲鳴を上げる。彼はリンゼイという人間を見ていたわけじゃない、リンゼイじゃなくてもよかったのだ。それが辛い。騙されたことが悲しい。……どうしても許せないと思ってしまう。

「当然よ。リンゼイは傷つけられたんだから、怒って当然。許さなくて当然よ」

アデリシアはきっぱり言った。けれど、その後、表情を緩めて「でも……」と続ける。

「でも、そうやって目を背け続けても何も解決しない。私がそうだったでしょう？　ジェイラント様と正面から向き合わずに逃げて、逃げ続けて、でも何にもならなかった。心が止まったままだった。そんな私に、リンゼイが『逃げるのはもうやめにしないと』って背中を押してくれたのよ、覚えてる？　だから今度は私の番ね」

アデリシアはリンゼイの前に来て手を取って言った。

「リンゼイはベイントン商会のためだからって、レナルドさんを簡単に許す必要はないと思う。だけど、許せないと思う気持ちがどこから来るのか、なぜ頑なにそう思うのか、目を背けずに少し考えてみて欲しい。そうしたら見えてくるものがあると思う」

「アディ……」

「あと、これはジェイラント様からリンゼイへの伝言よ。『ルドは器用なように見えて、実はとても不器用なんですよ』ですって」

それから不意にアデリシアは悪戯っぽく笑って言った。

「私もそう思うわ」


アデリシアが来た次の日、リンゼイは久々に一人で外に出ていた。レナルドと二人で外出した日に注文していた本がそろそろ入荷する時期だったからだ。だが、あの時と同じようなワンピース姿で人ごみを進むリンゼイの顔は沈んでいた。

……昨日はレナルドが来なかった。今日もまだ姿を見せていない。それまでは毎日訪ねてきてリンゼイに面会を申し込んでいたのに。

さすがに諦めたのだろうか……？　あまりにリンゼイが頑なだから？　それとも……もうリンゼイは必要なくなったから？

らしくもなくネガティブなことを考えてしまうのは、昨日アデリシアと話をしてようやく感情を切り離して、彼の側から事態を見ることができるようになったからだ。許せないと思う気持ちはもちろんまだある。けれど図書館とベイントン商会を守るために彼ができる精一杯だったのだと今なら認められた。と同時に、彼にはいつまでもリンゼイに拘《かかずら》う暇はないことも、認めざるを得なかった。

時間は待ってはくれない。こうしている間にも、盗品が海外に流出しているかもしれないのだ。これ以上の被害を出さないためにも、彼にはやることがたくさんある。

リンゼイは自嘲した。結局、自分はベイントン家の娘としてもたいして役に立たないようだ。婚約を広めても何の意味もなかったのだから。レナルドも今頃はリンゼイと縁が切れて清々しているかもしれない。それも当然だと思った。話を聞いて欲しいと訪ねてきた彼を散々拒絶し続けたのだから。

本屋に向かって機械的に足を運びながらリンゼイは再び自嘲の笑みを漏らした。その時だ、ふと人ごみの中に見知った顔を見つけたのは。

それは背の高いがっしりとした体格の男と談笑しているアリスだった。こちらに背を向けているのでその男の顔は分からなかったが、背格好からジョスランでないことは確かだ。ジョスラン以外の男性といるアリスは初めてだったので、つい足を止めて見ていると、話が終わったらしく手を振ったあと男性は人ごみの中へ消えていく。アリスはどこか笑みの残った表情で歩き始めようとして、そして自分を見ているリンゼイの姿に気づいたようだった。

「まぁ、リンゼイ。こんなところで一人でなんて、買い物ですか？」

足早に目の前まで来るとアリスは言った。いつになく友好的な口調と態度に少し戸惑いながらリンゼイは頷くと、反対に尋ねた。

「アリスこそ、今日はお休みか何か？」

「はい、そうです。用事があって外に出ていたのですが、終わったのでこれから帰るところです」

「その用事って、さっきの男の方？」

　つい口にしてしまってから余計な詮索だったかとリンゼイは慌てて付け加えた。

「ごめんなさい。アリスがジョスラン以外の男性といるなんて珍しかったから、つい気になってしまって……」

　アリスはクスクス笑った。

「いいんですよ、リンゼイ。さっきの人は単なる顔見知りです。偶然会ったから話をしていただけです」

「そ、そうなの」

「そう言うリンゼイは？　今日は婚約者の方は一緒ではないのですか？」

「え、ええ」

　詮索したら詮索されることもあると覚悟しなければ。そう思いながらリンゼイは頷いた。そんなリンゼイにアリスは少し声を落として尋ねる。

「あの、あの時はジョスランがいたから聞けなかったのですが、リンゼイ、本当にあの貴族の方と結婚をされるのですか？」

「それは……」

否定しようと口を開きかける。けれど、アリスがジョスランの部下であることを思い出して踏みとどまった。ジョスランが本当に一連の事件に関わっているのかはまだ分からないし、部下であるアリスが加担しているのかも分からない。けれど、もし本当だった場合、婚約が偽であると知れば、変に警戒させてしまうことになるだろう。それだけは避けなければ。

リンゼイはにっこり笑って言った。

「ええ、そうよ。友人を通じて知り合ったクラウザー伯爵のご子息と近々正式に婚約することになっているわ」

「そうですか……。それはおめでとうございます」

けれどそう言いながらアリスは複雑そうな表情だった。リンゼイが結婚するとなったらアリスはライバルが減るので喜ぶだろうと思ったのだが……。

「あの、アリス？　婚約が決まったのだし、私とジョスランのことは気にしないでいいのよ？」

「え？」

ところがアリスはリンゼイの言葉に目を丸くしたあと、苦笑いを浮かべて驚くべきことを言った。

「気にするも何も、実は私、ジョスランにはとっくに振られているんです。ただの部下としか思えないって。私は彼の将来に利益をもたらすようなものを何も持ってないって」

「なんですって？　そんなことを言ったの!?」

内戦で両親はおろかすべてを失ったアリスに、そんな酷いことを？

「ええ。でも本当のことですから、仕方ありませんね。そのこともあって、私はリンゼイが少し羨ましかったんです。私が失くしたものを全部持っているあなたが……。でももう、それもお終い。ジョスランのことは諦めましたわ」

「アリス……」

そう告げるアリスは意外にもさっぱりした表情で、ジョスランのことはすでに過去のこととなっているのが見てとれた。

「アリスなら素敵な人がいくらでも見つけられるわ」

励ますつもりで言った言葉に、アリスはにっこり笑った。

それから二人は二言三言話したあと、その場で別れた。

再び本屋に向かって歩き始めながらリンゼイは、自分が思っていた以上にジョスランは変わってしまっていたのだと思わずにはいられなかった。リンゼイはレナルドやランダルの話を聞いてもなおジョスランのことは半信半疑だった。どうしても窃盗団に関わるとは思えなかったのだ。けれど、今はその思いも揺らいできている。リンゼイが知っているジョスランは、会社に背信行為をする以前に、両親を失って難民となった女性に対してそんな無神経なことを言う人ではなかったのに。成功と慢心が彼をそこまで変えてしまったのか……。

「リンゼイ」

　考え事をしながら足を運んでいたリンゼイは自分を呼びかける声にハッと顔を上げた。いつの間にか目的の本屋の前に来ていたのだ。そして、目の前にレナルドがいた。最初に本屋で会った時のようにシンプルな白いシャツに紺のトラウザーズを身に着けて、長い髪を無造作に括った彼が立ってリンゼイを見下ろしていた。

「ど、どうして、ここが？」

「あんたこの本屋で本を注文していたでしょ？　そろそろ入荷する頃だから、あんたが屋敷を出るとなったらここに来るのは確実だと思った」

　リンゼイは顔を顰めた。きっと彼女の動向を窺っていて、家を出たらすぐにレナルドに連絡が行くようになっていたのだろう。監視されていると思ったら嫌な気分になった。

「さぁ、今日こそ話を聞いてもらうわよ」

　レナルドは目を細めて一歩前に出た。いつもより抑揚のない口調から、彼が腹を立てているのが分かる。リンゼイは怯み、とっさに後ろを向いてその場から逃げ出した。

「おい！　……ちっ、俺はいい加減に頭にきたぞ！」

　背中で聞こえる声に耳をふさぐ。自分でも逃げるなんて馬鹿なことをしていると思う。けれどまだ冷静に話を聞いていられる自信がなかった。あと少し、少しだけ時間が欲しい。そうすればきっといつものリンゼイに戻って一連のこともレナルドのことも、もっと冷静に考えることができるだろう。

けれど腕を摑まれ後ろからぐいっと引かれたと思った次の瞬間、リンゼイの身体は宙に浮いていた。

「きゃあ！」

あっという間に距離を詰めたレナルドがリンゼイを捕らえ、まるで荷物のように肩に担ぎ上げたのだ。気づいたら頭を下にしてレナルドの背中を見ている状態だった。

「は、放して！」

自分の置かれている状況が分かり、リンゼイは羞恥に顔を赤く染めた。逃れようと手足を激しくバタつかせる。ここは繁華街のメイン通りだ。大勢の人が行きかう中で肩に担ぎ上げられ、荷物のように運ばれているなんて目立つに決まっている。現にたくさんの人たちが何事かとリンゼイたちを見ていた。ところが焦るリンゼイと違い、レナルドは人々の視線などまるで気にしないようだった。

「大人しくしろ」

暴れるリンゼイの脚を手で押さえると、重さを感じさせない足取りですたすたと歩き出す。脚を封じられてしまったリンゼイは唯一自由になる手を使って背中をドンドンと拳で叩いたが、彼はまるで意に介さなかった。

やがてレナルドはリンゼイを抱えたまま一軒の酒場に入っていった。そこは宿屋を兼ねており、一階の大部分を占める酒場の入り口とはまた別の小さな出入り口がある。レナルドはそちらの入り口に入ると小さな受付のカウンターを素通りして、二階の宿屋部分へと通じる狭い階段に足を向けた。受付に人はいるようだったが、リンゼイを担いでいくレナルドに何も言わない。場末というほどではないが上等とは言えないこの宿屋ではきっと商売女性を連れ込む男性客など珍しくもないのだろう。普通だったらその手の女と同列に扱われることに屈辱を覚えただろうが、振動で揺れるたびにお腹を圧迫されている上に、ずっと頭を逆さまにされていて気分が悪くなっていたリンゼイは、ただただこの責め苦が終わることだけを祈っていた。

　レナルドはギシギシと軋む木の狭い階段を上り、質素な部屋の中の一つに入ると、その狭い部屋の大部分を占めている木のベッドにリンゼイを下ろした。リンゼイは頭がクラクラするのを我慢して身を起こすと、ベッド脇に立って彼女を厳しい目つきで見下ろすレナルドを睨みつける。

「一体、どういうつもりですか？」

「話をするために、あんたが簡単に逃げられない場所に移動しただけだ」

「話なんて……必要ありません」

　リンゼイは目を逸らした。話をしたいというレナルドを避け続け、逃げ続けたことは自覚している。けれど、何を言われようがレナルドが自分に偽りを告げて利用しようとしたことは事実だ。もう一度そのことを聞いて傷つきたくはなかった。けれどこの時リンゼイは自分を守ろうとするあまり、レナルドが男言葉を話しているというその意味にまで頭が回らなかった。

「何を聞いても変わらない。もう取引は終わったんです。今はまだ仮の婚約者ということになっていますが、それだけ。私とあなたの間にはもう何も関係はないんです！」

そう言い放った次の瞬間、リンゼイの上半身はベッドに沈んでいた。ぎょっとして見上げたリンゼイの目に映ったのは、彼女の手と足をベッドに押し付け拘束しながら無表情に自分を見下ろすレナルドの顔だった。

「関係ない、か。なら関係ないなどと言えないようにしてやろうか？」

「え？」

表情もなく告げられる言葉は淡々としていた。けれどそれだけに何か得体の知れない恐怖を感じさせた。

「俺が今まであんたに触れながらそれ以上先に進まなかったのは、それが取引だったから。あんたの純潔を守ると約束したからだ。だけど、もう取引が終わったというのなら、俺はもうそれを守らなくてもいいってことだよな？」

そう言ってレナルドは片手をリンゼイの胸の膨らみに滑らせ、服の上からぎゅっと握った。リンゼイは息を呑み、自分が何か取り返しのつかない失敗を犯したことを悟った。

リンゼイが今までレナルドと接して漠然と感じたことは、女言葉で話す彼は彼がみんなに見せたい自分の姿なのだということだった。彼はあの言葉遣いや派手な服装をまるで自由に出し入れできる盾か武器のように扱う。そしてその中に本来の彼を注意深く隠して見せないようにしている。自分を守るために……いや、もしかしたら相手を守るためかもしれない。確かに言えることは、普段の女言葉の彼は完全に抑制が利いた状態だということだ。だから時と場合、あるいは相対する人によってそのどっちも使い分けることができる。でも、今は――その抑制が利いていない。リンゼイの態度が、そして言った言葉の何かがその抑制を引きちぎってしまった。

「すべてが終わったあと、再びあんたは俺の腕の中で関係がないだなんて言えるのか、試してやろうじゃないか」

「や、やめて……」

リンゼイはいやいやと頭を激しく振る。けれどレナルドはリンゼイの唇に口が触れそうなほどぐっと顔を近づけると、目を見開く彼女に囁くように言った。

「リンゼイ、これはレッスンじゃない。本当の性交渉《セックス》をその身に教えてやるよ」

「やめてっ」

いくら女性のような顔をしていても、男なのだということをまざまざと見せつけられる。ほとんど自分では身動きがとれないのに、レナルドはリンゼイの身体をまるで自分のための人形のように自在に扱った。うつぶせにさせてワンピースのボタンを次々と外し、強い力でいとも簡単にリンゼイの身体から剥ぎ取る。やめてと懇願してもダメだった。力強い断固とした手がリンゼイに抵抗を許さなかった。

ワンピースが床に投げ捨てられる。やがて白いレースのシュミーズがそれに続き、リンゼイを片手だけで押さえこんでドロワーズのリボンを外して足から引き抜いていく。粗末な床にはリンゼイの身から剥がして下に落とされた服や下着、靴などが散乱していた。

「やめて……お願い……」

今やリンゼイは何も隠すことができない全裸の姿で、肢体を広げた形でベッドに縫い付けられていた。

「俺から逃げようとするあんたが悪い」

震える彼女を彫像のような冷たい美貌の主が見下ろしていた。

……怖い……！

この無表情に自分を見下ろす人は誰？　レナルドだけどレナルドじゃないような気がした。今までのレッスンでは、リンゼイの服を脱がす彼の手つきは恭《うやうや》しくてとても優しかった。だから恥ずかしくても未知なるものに不安はあっても怖さなど感じることはなかった。大切にされていると思えた。けれど今は違う。触れる手に傷つける意図はないが、まるで押さえつけるような意思が感じられた。

「怖がる必要はない。あんたの身体はすぐに俺に応えるだろう」

リンゼイにのしかかりながらレナルドが言う。

「まさか。そんなことは……」

こんな無理やり奪われようとしているのに、応えるわけがない。けれど……今までにレナルドに触れられた時のことが脳裏に蘇り、背筋に何かが駆け上った。

「あんたは応えるよ」

確信の籠った口調で言い放ち、レナルドはリンゼイに顔を寄せた。

「んんっ、んぅ……！」

避ける間もなく唇を奪われる。唇の合わせ目からぬるりと舌が入り込むのを拒む術がなくて、リンゼイは受け入れるしかなかった。無遠慮な舌に咥内が蹂躙される。逃げる舌を捕らえられ絡められ扱かれて背中にぞわぞわと震えが走った。お腹の奥がじわりと熱をもち始め、トロリと何かが零れていく。

「……ふぁ……んん……」

くちゅくちゅと口の合わせ目から唾液の絡まる粘着質な水音が響き、リンゼイの耳を犯す。けれどそれを恥ずかしがる暇などなかった。のしかかることでリンゼイの抵抗を封じて自由になったレナルドの手がリンゼイの形のよい胸を捕らえたからだ。

「……んんっ……！」

男の大きな骨ばった手の中で、柔らかな肉が卑猥にその形を変えていく。ゾクゾクした。素肌の胸に触れられたのはこれで二度目だ。なのにまだ直接触れられてもいない胸の先端がレナルドの手の中で立ち上がっていくのが分かる。

……どうして!?

咥内を這いまわる舌に翻弄されながら、リンゼイは自分の反応に戦慄した。

無理やり奪われようとしているのに、なぜこんな風に感じてしまうのだろう。身体が反応してしまうのだろう。けれど、止まらなかった。

レナルドが脚の間に身体を落ち着かせているせいで、閉じることのできない両脚の付け根の奥からじわじわと蜜が零れて滴り落ちていく。今や胸の先端は、ちりちりとした痛みにも似た疼きを発しながらぷっくりと膨らんで、レナルドに触れられるのを待っているかのように、手の動きに合わせて揺れている。けれど、彼はそこには触れてくれない。

無意識に催促するように胸を反らし、彼の手に膨らみを押し付ける。それに応えるように、レナルドの指が張りつめた先端を捕らえた。

「……んぅ！　ん、んんっ……！」

口をふさがれながら、背中を貫く衝撃にビクンとリンゼイの身体が跳ねる。

「……んん、んぅ、んっ！」

更に膨らんだ尖りを爪で弾かれ、指ですり潰され、片方ではきゅっと摘まれ、引っ張られ、リンゼイはそのたびに身体をくねらせる。お腹の奥からどっと蜜が溢れ出して下肢を汚していく。

「……ふぅ、ん……」

気づくといつの間にか自分から舌を絡めていた。水音が激しさを増す。飲みくだしきれなかった唾液が口の脇から零れ、頬を流れ落ちていく。けれど彼女はそれに気づく余裕はない。深い吐息すら奪われるキスに、リンゼイの意識は朦朧《もうろう》としてきていた。

なぜレナルドを避けようとしてきたのか、どんどん脳裏から薄れていく。今の彼女には咥内を動き回る舌と、胸を我が物のように弄ぶ手のことしか考えられなかった。

一際強くリンゼイの舌に舌を絡ませたあと、くちゅっと水音を立てながら、レナルドの口が彼女から離れていく。銀糸がレナルドとリンゼイの口を繋いでいた。レナルドはリンゼイの視線を捕らえ、薄く笑いながら赤い舌でその銀糸を断ち切った。その艶麗《えんれい》な姿にリンゼイの背筋に震えが駆け上がる。

「やっぱりあんた、素直な身体をしている」

レナルドがリンゼイのお腹から下に向かってすっと手を滑らせながら小さく笑った。

「仕込んだ甲斐があったな」

「ひっ！」

リンゼイの大きく開かされた両脚の付け根にレナルドの指が差し入れられる。そこはすでに蜜をたたえていて、彼の指を簡単に濡らしてしまう。

「あんたの身体は素直で敏感だ。すぐに俺に応えてくれる」

リンゼイの顔がかぁと赤く染まった。

「し、仕込んだって……」

「俺が何の見返りもなくあんたに触るだけなんて生ぬるいことをするわけないだろう？　初めからこうするつもりだった。絶対あんたを俺のものにするつもりで触れていた。あんたが俺に触れられてすぐ応えるようにな」

「……なっ！」

こうするつもりだった？　彼はリンゼイを自分のものにする意図があって触れていた？

リンゼイの脳裏にレッスンのことが浮かぶ。鏡の前でリンゼイにわざと見せつけるように触れた。馬車の中でも彼女の蜜口を手と舌で甚振《いたぶ》りながら執拗に見ることを強要していた。あれもわざと？　視覚をも使ってリンゼイの身体に官能を植え付けて？

「まだ二回のレッスンなのに、あんたはもう俺に応えずにはいられない」

その愉悦を含んだ言葉にリンゼイはぞくっと身を震わせた。レッスンが進んだら……きっとリンゼイは彼の与える快楽に溺れていただろう。そして自分から懇願していたに違いない。その先を。彼に奪われることを。レナルドが約束を破らずにリンゼイの身体を手に入れるには彼女自身に取引の変更を口にさせるしかないから……。

「いやぁ！」

リンゼイはレナルドを押しのけようともがいた。けれど、彼の身体はビクともせず、反対に抵抗した罰とばかりにぬぷんと音を立てて、指が蜜口に突き立てられる。それと同時に尖った胸の先端を唇に捕らえられ歯を立てられた。

「はぅ……！」

ビクンとリンゼイの身体が跳ねた。けれどそれだけでは終わらない。リンゼイの弱点を知り尽くした指が胎内の弱い部分を擦り上げる。そうしながら親指が茂みの中にひっそりとたたずむ敏感な突起を探り当て、擦り上げ、無理やり官能を引きずり出す。

「あっ、いやっ、そこは……！」

けれどその悲鳴も甘い声にしかならなかった。蕾を親指の腹でぐりぐりと押しつぶされ腰が跳ね、足の先がシーツを掻く。

「や、あ、あン、んんっ、ん――！」

リンゼイは弱い部分を一度に責められ、急速に押し上げられていった。

「リンゼイ、イけ」

レナルドの命令が轟く。

「あっ、だ、ダメ……っ！」

リンゼイはイヤイヤと首を振る。けれど、快楽を引きずり出された身体は彼女の意思を無視して勝手に高まっていく。そして――

「い、いやぁぁぁ！」

甘い嬌声を上げながらリンゼイは絶頂に達した。指を受け入れている部分がギュウと収縮して食い締める。

「……あ、はぁ、ん……」

びくんびくんと身体を震わせ、荒い息を吐きながらリンゼイは静かに絶望した。身体は絶頂の甘い余韻に浸る。けれどそれは自分の身体が自分を裏切った証でもあり、自分の身体が彼の思う通りになるという証でもあった。

レナルドはリンゼイから指を引き抜くと、己のシャツのボタンに手を掛けていく。天井に虚ろな目を向けていたリンゼイはその衣擦れの音に気づいてのろのろと顔を向けた。そしてハッと息を呑む。そこにシャツを脱ぎ捨てたレナルドがいて、見事な裸体を晒していたのだ。細身ながら、彼には意外に筋肉があるのは知っていた。リンゼイを軽々と担いだままここまで来たし、薄いシャツ越しに硬い筋肉が感じられたからだ。だが、これほどとは思わなかった。そこにあったのは腕はおろかお腹周りまで適度に筋肉のついた力強い肉体だった。弱々しさを一切感じさせない男の身体だ。

リンゼイは自分の状況も忘れて一瞬その雄々しい姿に見とれた。けれど、レナルドの手がトラウザーズに掛かったところで我に返って慌てて目を背けようとする。そこにレナルドの厳しい声が響いた。

「目を逸らすな。その目でしっかり見ておけ、リンゼイ。今から誰に抱かれるのか。俺があんたに触れながらどれだけ我慢していたのか、身をもって知るがいい」

レナルドの熱の籠った、けれど鋭い視線に射貫かれてリンゼイはぶるっと身を震わせる。でもそれは果たして恐れだけのものか、自分でもよく分からなかった。

「俺にこうさせたのはあんただ」

レナルドはトラウザーズを脱ぎ捨て、床に放った。その黒色がリンゼイの白のレースの下着に重なるように散乱している図は妙に暗示的で淫靡だった。けれどリンゼイは目の前に現れたものに目を奪われ、他の事は目に入らない。そこにあったのは、まるで別の生き物のように猛り立った男性器だった。先端を大きく膨らませ、浅黒く血管の浮き出た怒張が天を向いていた。

「……おねがい、やめて……」

怯えて、力の入らない身体で何とか後ずさる。欲望を募らせた彼はまるで獲物を目の前にした野獣のようで恐ろしかった。普段は興味を覚えただろう男性器も、今のリンゼイにとっては獲物を今にも食い荒らそうとしている牙としか思えなかった。

けれど狭いベッドの上を後ずさってもすぐに行き止まり、結局はレナルドに足首を摑まれて引き戻されてしまう。

「いやぁ……！」

ベッドに再び四肢を縫いつけ、リンゼイの首筋に顔をうずめると、レナルドはそこを強く吸い上げた。そこはハイネックのドレスでも着ない限りどうしてもごまかせない場所で、前に跡をつけられた時のようなリンゼイに対する配慮は一切なかった。それが以前との違いを浮き彫りにさせた。

涙が溢れてくる。そうさせてしまったのは自分だと分かっていたからだ。

今までのレッスンではいずれもレナルドはクラヴァット一つ外すことはなかった。それは彼にとっては約束どおりリンゼイの純潔を奪わないという証であったのだろう。レナルドは自分の欲望はほとんど露わにしなかった。だからこそリンゼイは安心してレッスンに身を委ねられたのだ。もし最初にこの肉体を……リンゼイに対する欲望の溢れた姿を見ていたら、おそらくリンゼイは取引を破棄して逃げ出していただろう。

彼が言うように一連のレッスンはリンゼイの身体に快楽を植え付ける目的があったからなのかもしれない。けれどそこにはいつだってリンゼイに対する気遣いが溢れていた。今になってそれがよく分かる。そしてこんな事態にならなければ、リンゼイはあの優しさに包まれたまま彼のものになっていたはずだ。少なくともこんな形で奪われることはなかっただろう。

——バカな、私。

組み敷かれ、熱い身体が覆いかぶさってくる。その温かさが素肌に触れたとたん、リンゼイの目から涙が溢れ出た。

アデリシアの言う通りだ。こんなに傷ついたのも、頑なになってしまったのも、すべてはリンゼイがレナルドを好きだったからだ。ただの好奇心や興味だけではない。いつの間にか好きになっていたのだ。リンゼイ自身に応える気持ちがあったからこそ、あの取引にだって頷いてしまったのだ。

自分はバカだ。賢いだなんてとんでもない。どうしようもないバカだ。もっと前に気づいていれば、認めていればこんな事態は起こらなかっただろう。もっと前に素直になって話を聞いていればこんな無理やり奪われることも、レナルドに無理やり奪わせることもなかったはずなのに。

膝が大きく割られた。露わになった、その蜜をたたえた場所に、レナルドの欲望に高まった身体が迫る。リンゼイは覚悟して目を瞑った。その眦《まなじり》から涙が零れてシーツを濡らしていく。

けれどその時、なぜか、不意にレナルドの身体が硬直し、動きが止まった。

「くそっ！」

悪態が聞こえ、リンゼイの身体から熱い肉体が離れていく。そっと目を開けたリンゼイの涙で曇った瞳には、リンゼイの脚の間で身を起こしたレナルドが片手で顔を覆っている姿が映った。驚き、瞬きをして涙を払った彼女は、レナルドが何かに耐えるような表情をしていることに気づく。その額には汗がびっしり浮き出ていた。

「レナルド……さん？」

リンゼイは思わず呼びかけていた。けれど、その声を無視してレナルドは深呼吸するように深く息を吸い、次に大きく吐き出すとぽつりと言った。

「……悪かった」

そうしてベッドから降りて床に落ちた自分のシャツとトラウザーズをいきなり拾い始める。面食らうリンゼイをよそに、レナルドはややぎこちない足取りで戸口に向かい、部屋を出て行こうとした。が、扉を開いたところで、不意にリンゼイを振り返る。

「……頭、冷やしてくる。だが、あんたは絶対そこにいろ。今度こそ逃げるんじゃねぇぞ。そうなったら今度は泣いたってやめないからな」

燻《くすぶ》った目でリンゼイに向けてそう言ったあと、レナルドは静かに部屋を出て行った。リンゼイは唖然としたまま起き上がり、レナルドの消えた戸口をじっと見つめた。

……やめてくれた？　でもなぜ？　あんなにリンゼイを奪う気満々だったのに……。

そこまで思った時、身体を起こしたからだろうか、リンゼイの頰に最後に残った涙がぽろりと零れ落ちていった。それを見てリンゼイはまさかと思う。

「まさか……私が泣いたから……？」

その涙に濡れた頰を指で触れながらリンゼイは呆然となった。けれど、彼は確かに「今度は泣いたってやめない」と言っていた。時には苦痛すら伴うと聞いている。あそこまで興奮した男性が行為を途中でやめるのはすごく大変なことで、それなのにレナルドは土壇場で自分の欲望を抑えリンゼイの気持ちを優先してくれたのだ。そこには愛とか恋とまではいかないまでも、親愛以上の気持ちがありはしないだろうか。少なくともただ利用するだけの娘にそこまでの気遣いはしないだろう。

レナルドが姿を消した戸口を見つめながらリンゼイは自分の胸に喜びがさざ波のように広がっていくのを感じた。おかしなことに、つい先ほどまで心を支配していた怯えや恐怖が跡形もなく消え去り安堵と共に去来するのは、嬉しいという想い。

――彼にとって自分は「ベイントン家の娘」だけではないと……信じて、いいのだろうか？

利用されたことにも、それを知らせてもらえなかったことにも傷ついた。正直に言えば今でも傷ついている。けれど、それでも、信じたいという思いがそれを凌駕していた。

やがて、レナルドが戻ってくる頃にはリンゼイは床に放られていた服を全部きちんと身に着け、ベッドに腰を下ろして彼を待っていた。

「……帰ってなかったのか」

リンゼイの姿を認めて安堵の息を吐くレナルドの表情はさっきの無表情に近い状態から、普段の彼に戻っていた。服も身に着けていて、唯一、先ほどあったことの名残を留めているのは濡れた髪だけだ。頭を冷やすと言っていたが、もしかして水でも被ったのだろうか？

「待っていろって言ったのはレナルドさんですよ」

「そうか……そうだったな」

小さく苦笑するその表情で、彼はリンゼイが逃げ出すものと思っていたことを悟る。確かに逃げようと思えばいくらでもその機会はあった。けれど、彼女はもう逃げないと決めたのだ。

……思えばいつもそうだ。諦め、現実から目を逸らし、無視することでやり過ごそうとする。それがリンゼイの逃げ方だった。貴族社会に受け入れてもらえなかった時も、レナルドとのこともそうだ。立ち向かい更に傷つくよりもその方が容易《たやす》かったから、目を背け逃げることをリンゼイはいつも選択する。けれど、「関係ないわ」と逃げてやり過ごそうとしても、何も好転しなかったのは今までのことで明らかだ。相変わらずリンゼイは中途半端な立場のまま。何一つ変わらなかった。アデリシアの言っていた通りだ。

……もういい加減に逃げるのは止めにしなければ。あの真紅のドレスを身に着けた時のように、昂然と頭を上げて立ち向かおう。この目の前の人がそうしているように。

「レナルドさん。もう逃げません。だから、お話、聞かせて下さい」

リンゼイはまっすぐレナルドを見つめながら静かに言った。レナルドはリンゼイのその強い意志の光を宿す目を見つめ、しばし眩しそうに目を細めたあと、頷いて部屋の隅に置いてあった粗末な木の椅子に向かった。リンゼイが座っているベッドではなく、少し距離があるところに腰を下ろすのは、きっと襲われかけたリンゼイを怯えさせないための配慮だろう。怯えさせたのは本人なのに、妙なところで思慮深い。リンゼイはくすぐったい思いを抱きながら苦笑する。

……本当に、この人は、もう。

「話といっても、あんたが耳にした以外のことはそれほど多くはないんだ」

そう言ってレナルドは話し始めた。

図書館の開架の書籍の中で価値のある本だけがなくなっていることに気づいたこと。ダニエルが犯人だと確信して調べ始めたものの、最初はダニエルの単独犯でどこか国内で売りさばいているのだと思っていたこと。けれど外国のオークションに出されているのが見つかり、それがベイントン商会の特別御用品が使われている可能性が出てきて、事態は予想外の方向へ行ってしまったことなどを。

「誰が背信行為をしているのか分からず、ダニエルの方も動きはない。内密に調べてもそれ以上出てこなくて、八方ふさがりの時にあんたと出会った。そして、あんたを使うことを思いついた」

レナルドはリンゼイをじっと見つめて言った。

「あんたの言った通りだ。俺は確かにあんたを利用しようとした」

リンゼイの胸がズキンと痛んだ。そうだと分かってはいるが、実際彼の口からそれを聞かされるのは辛かった。

「けれど、ベイントンの娘だったから利用しようとしたんじゃない。それは二の次にすぎなかった。取引や婚約のことを持ち出したのはそれがあんただったからだ。俺はまったく知りもしない、好意も持ってない相手を傍に置いておく趣味はない。本屋の前で俺の興味を引いたあんただったから、仮の婚約者として傍における手段を取っただけだ。あれは俺にとって一石二鳥の方法だったんだ」

そこまで言って言葉を切ると、レナルドはリンゼイに苦笑を向けた。

「けれど、あんたがその俺の言葉を信じられないと思うのも無理はない。むしろそれが当然だ。俺があんたを利用したことも、それを黙っていたことも確かなことだから」

……それは本当だろうか。リンゼイがベイントン家の娘だから近づいたのではないと、信じていいのだろうか？

「レナルドさん、聞いていいですか？　レイチェルのことも……全部嘘だったのですか？」

彼女のあの歓迎するような態度もすべて演技だったら……リンゼイは立ち直れないかもしれない。けれど、レナルドは首を横に振った。

「……いや、レイチェルのことに嘘はない。全部本当だ。あの子には今回の事件のことは何も知らせていない。だからあんたを歓迎していたのもすべてあの子の本当の気持ちから出たことだ」

「……そうですか。よかった」

リンゼイはほっと安堵の息を吐くと、ベッドから立ち上がってレナルドの傍まで行き、彼の手を取った。

「レナルドさん。私、まだ全面的にあなたの言葉を信じることはできません」

傷ついたからこそもう一度信じることに臆病になってしまう。信じたいけど信じきれない。心のどこかできっと疑ってしまう部分も出てくるだろう。でも——。

「当然だな」

レナルドは頷く。それでもその手が一瞬びくっと硬直したのが伝わってきた。リンゼイはその手をぎゅっと握って続けた。

「でも私はあなたを信じたい。だからその言葉が本当であると、どうか私に信じさせて」

「リンゼイ」

「約束して下さい。これからは私の知らないところで利用するのではなく、たとえそれが辛いことでも私に知らせてくれると」

「分かった。約束する。もうあんたに隠しごとはしない」

レナルドはリンゼイの手を握り返しながら頷いた。リンゼイはその言葉は信じられると思った。彼女が逃げるのを止めてそっと伸ばした手をレナルドは取った。ここからが二人の新たな関係、新たな一歩になるだろう。

「これから、どうするつもりなんですか？」

レナルドに手を引かれて、共に宿屋を出ながらリンゼイは彼に尋ねた。

この宿はレナルドがかつて街によく出ていた時に拠点としていた場所で、それ以降もずっと借りっぱなしにしているのだという。なぜ拠点となる場所が必要だったのか、また新たな疑問が増えたわけだが、それよりも今は事件の方が大切だ。ジョスランが関与していると分かった。でも証拠はない。だったら次はどうするつもりなのだろうか？

「待つのは飽きたわ。今度はこっちが攻める番よ。まずは……ダニエルを切り崩すわ」

そう答えるレナルドの言葉はすっかり女言葉に戻っていた。

「どうやって？」

リンゼイの言葉に、レナルドは今日初めていつもの調子に戻ってにやりと笑った。

「そういうのを考えるのを得意なやつが、アタシたちのごく身近にいるじゃないの」


「それでどうして私のところに来るんでしょうかね」

話を聞いたジェイラント・スタンレー侯爵は屋敷の談話室でレナルドとリンゼイに向かって眉を上げてみせた。

「あんたそういうの考えるの得意でしょ」

レナルドはそう言ってから、いきなり顔を顰めた。

「……ところでさ、あんたは、客の応対中に何やってんの？」

「何って、妻を抱きしめているだけですが？」

それが何か？　とでも言いたげな口調だった。ソファに悠然と腰を掛けるそのジェイラントの膝の上にはアデリシアがいて、顔を赤く染めて夫の上から逃れようとしていた。けれど、がっちり腰に回った腕がそれを許さない。

「客の前でやるなって言ってんの！」

レナルドは顔を引きつらせて怒鳴り、ジェイラントの膝にのるアデリシアに矛先を向けた。

「あんたも、ジェイラントに好き勝手やらせてるんじゃないわよ！」

「は、はいっ。すみませんっ」

だがこれは八つ当たりというものだろう。アデリシアはさっきからずっと膝の上から逃れようとしているし、客の前だというのにあっちこっち触れようとする不埒な手を払おうとしているのだから。そんなアデリシアの頭のてっぺんにキスを落として、ジェイラントは咎めるような視線をレナルドに送った。

「ルド、人の妻を怒鳴るのはやめてくれませんか？」

「あんたがその手を放せばそれで済むのよ！」

もっともな意見である。リンゼイは友人夫婦のイチャイチャ振りに当てられ、頬を少し赤くしたまま苦笑した。

「夫婦水入らずの時間に押しかけてくるからですよ。……とはいうものの、逸る気持ちは分かりますけどね」

そう言ってジェイラントはリンゼイにちらっと視線を向けるとアデリシアから手を離した。けれど、すかさず膝の上から逃れて距離を取ろうとするアデリシアの腰に手を回し、自分の傍らに留め置いてから、ジェイラントはレナルドとリンゼイに向かって真面目な顔つきになって話し始めた。

「さて、ダニエルの話でしたね。私もダニエルの線から切り崩すのがいいと思います。話を聞くと、どうもジョスラン・シューは抜かりのない人物のようだ。特別品の書類がなければ窃盗団と繋がっている証拠もない。再び特別品を発行して、その荷から盗品を押収することができればそれが動かぬ証拠となるが、ルドがリンゼイと婚約をしたという話が広まった今、そんな危ない橋を渡るとも思えない。となると、窃盗団と繋がっているダニエルの線からたどるしかない」

「でも、ダニエルも人をつけて交友関係を監視させてるけど、窃盗団らしき者との接点はないのよね。どうやって連絡取ってるのかも不明ときてる」

「あ、あの、手紙……じゃないでしょうか？」

おずおすと手を上げて言ったのはアデリシアだった。全員がハッとしたように彼女を見る。アデリシアは注目されて少し頬を染めながら言った。

「わ、私、かつて本屋に入荷の連絡を入れてもらう時、ずっとランダルの名前を使っていたんです。これだと私の名は表に出さないで済みますから……」

「それだ」

ジェイラントがパチンと指を鳴らして言った。

「ダニエルも窃盗団もいちいち会って直接やり取りをするなんてことはしてないでしょう。お互い危険ですからね。おそらく手紙を使っていたのだと思います。ルドのつけた監視もそこまでは調べなかったでしょう」

レナルドも頷く。

「そりゃあ、最初はあの馬鹿がどこかの本屋に直接売りにいくものだと思っていたからね。あいつの屋敷に届く郵便物を押収してチェックする権限もないし。……もしかして当人宛てですらないって可能性もあるわね」

「ええ、使用人の名前を使っていたということも十分考えられます。それならもし見つかってもシラを切ることができる」

「ダニエルにそんなことを考える頭があるとは思えないから、窃盗団の……ジョスラン・シューの指示なのかもしれないわね」

レナルドの口からジョスランの名前が出てきて、リンゼイは思わず目を伏せた。彼女はここにきてもジョスランがそんなことをするなんて何かの間違いでは、という思いを捨てることができなかったのだ。

「ダニエルを罠にかけるのは案外簡単かもしれません」

そんなジェイラントの声が聞こえてリンゼイはハッとして顔を上げた。

「ダニエルが王室図書館の本を盗むのは完全にルドに対する私怨でしょうから」

「でしょうね」

納得している男二人に、リンゼイとアデリシアは問いかけるような視線を送った。レナルドがダニエルをクビにしたことは聞いていたが、しかしなぜ図書館の本を盗むことが完全に私怨からきていると分かるのだろうか。現に本は外国へ送られて秘密裡に売られている。お金目当てではないとどうして言えるのだろうか。

そんなリンゼイに気づいてレナルドが苦笑した。

「特別室に入っている本当に貴重な本ならまだしも、開架に出している本の値打ちなんて大したことないのよ。価値が上がっていたとしても、欲しがるのはランダルのようなコレクターだけ。窃盗団が貴族宅から盗んでいる宝石や調度品に比べたらたいしたお金にはならないはずよ。それなのに、自ら危険を冒してまでダニエルが図書館から盗むのは、完全にアタシに対する意趣返しのわけよ。……だからこそ、そこに付け込む隙があるとジェイラントは言ってるわけ」

「そうです。最近はさすがに警戒してるでしょうけど、ルドの前で窃盗のことを仄めかすくらいの馬鹿ですから、きっとかかってくれるでしょう、こちらの罠に」

そう言って笑うジェイラントの顔は何かを企んでいるように見えた。

「盗まないのなら、盗む機会を与えればいいんです。現行犯で捕まえられたらもう言い逃れはできないでしょう」

「……ま、それしかないわね」

「あの……どうやって？」

リンゼイは尋ねた。レナルドとジェイラントとの間には何かの思惑が通じ合っているようだが、リンゼイとアデリシアにはさっぱり分からない。どうやってわざと本を盗ませようというのか。ジェイラントは顎を擦りながら言った。

「そうですねぇ。罠だと気づかれないように、もっともらしい理由が必要ですね。例えば……価値の上がった本を鍵のかかった特別室に移す、とか」

レナルドはポンと手を打った。

「なるほど、開架ではなくなると今後盗めなくなるから、その前にあいつはきっと慌てて盗みに来るわね」

「ええ。特別室に本を移すこととその日時を、ダニエルの耳に入るようにそれとなく周囲に広めるようにしましょう。それとその日まで内部の警備を強化します」

「え、盗みやすいように警備を緩めるのではなくて？」

アデリシアが不思議そうに尋ねた。その彼女の髪に触れながらジェイラントは頷く。

「ええ。緩めたらこれは罠だと教えているようなものですから、もっともらしく見えるように警備を厳重にする必要があります。けれどルド、毎日決まった時間だけ、隙を作ってください」

レナルドがにやりと笑った。

「あいつが狙いやすいように、警備に穴を作るってわけね。それももっともらしく見えるようにする必要があるから……そうね、図書館が閉館する直前っていうのはどうかしら。その頃になると利用者もほとんどいなくなるから、警備を早めに引き揚げさせる理由としてはおかしくないでしょう。警備の者が引き揚げて、図書館が閉館になるまでの間、ほんの一時だけ無防備になる。これでどう？」

「上々です」

ジェイラントとレナルドは笑みを交わし合う。リンゼイは二人を交互に眺めて、よくもまぁこの場ですらすらとこんな計画が出てくるものだと呆れ半分に感心してしまった。ジェイラントはこういう謀《はかりごと》が得意だと彼は言うが、レナルド自身もそう負けていない。結局この二人は似た者同士なのだ。

見るとアデリシアも同じように呆れたような顔で二人を見ていた。そんな彼女とふと目が合い、お互いの顔に苦笑が浮かぶ。そんな相手を好きになった自分たちもやっぱり似た者同士なのかもしれなかった。

その後、特別室に本を移す具体的な日時を取り決め、細かい部分のすり合わせをした後、レナルドと共にリンゼイはスタンレー邸をあとにした。

馬車の中で、リンゼイとレナルドは少し距離を置いて座り、お互い気詰まりな様子で口を閉ざしていた。行きは乗合馬車で他人の目があったし、気分が高揚していたこともあって気にならなかったが、先の方針が決まり一段落ついた今は二人きりで何を話したらいいのか分からなかった。

これから二人はどうなるのだろう。これから彼にどういう態度を取ったらいいのだろう。共通の敵を追っている時はいい。スタンレー家でも自然に話せた。けれど、そこから離れたらどうしたらいいのか急に分からなくなってしまうのだ。もう二人の間には取引はない。本当の婚約者でもない。個人的な関係はないのだ。あるとすれば、アデリシアやジェイラントを通じての……ただの知り合いでしかない。

「リンゼイ」

不意にレナルドが言った。ビクンと顔を上げたリンゼイに窓の外を示す。

「そろそろベイントン邸に着くわよ」

リンゼイはその言葉と窓の外から見える風景に、自宅のすぐ近くまで馬車が来ていることを知って安堵と……それから落胆のため息を漏らしながら頷いた。とにかく彼から離れてこれからどうするのか考える時間が必要だ。よく考えなければならない……自分がどうしたいのかも含めて。けれど、レナルドはそんな時間もくれないらしい。

「リンゼイ。……今日は悪かったわ」

窓の外に視線を向けていたリンゼイにレナルドは唐突に言った。ハッとするリンゼイの反応を横目に、まるで独り言のように呟く。

「久々に頭に血が上って見境なくなるところだった。……まったく、そうならないように、自分を戒めてるというのに、まだまだダメね」

「レナルドさん？」

自嘲を浮かべる彼は、いつもの華美な服装ではないせいか、まるで違って見えた。

「もうあんなことはしない」

まるで誓うように発せられた言葉に、リンゼイの心はなぜか沈んだ。

「そ、そう、ですか」

あんな風に無理やり押し倒されることはない。彼がこう誓ったのなら、きっとそれは本当にそうなるだろう。リンゼイは安心するべきなのだ。けれど、なぜかそう思えなかった。

「あんたの取引は終わりだという言葉も受け入れるし、あんな風に触ることはない」

「……は、い」

声が震えた。胸が痛い。

「でもそれは、この事件が解決するまでだ、リンゼイ」

いきなり、レナルドの声の調子が変わった。彼女の名を呼ぶその声が急に艶を含んだものになる。

「……え？」

目を見開く彼女に、レナルドは不敵に笑ってみせた。それはいつもの彼のようでもあったし、もっと壮絶なまでの色気が加わっているようにも見えた。その美しい中性的な美貌に浮かんでいるものは、むき出しの、男としての艶だった。

「すべてが終わったら、もう遠慮はしない。あんたは取引は終わりだと言った。それでいい。これでこっちもあんたにした約束に縛られずに済む」

「あ……」

リンゼイの顔が朱に染まった。思い出したのだ――あの取引に含まれていたレナルドとの約束を。彼は言った。どんなに触れても奪うことはしないと。純潔を保ったままにすると。その取引が終わったのなら、それは……。リンゼイの心臓が跳ね上がる。

「覚悟しておくんだな、リンゼイ。手加減しないから」

レナルドはそう言って手を伸ばし、リンゼイの赤く染まった頬をそっと撫でるとすぐ手を離した。

リンゼイはその宣言に、ただただ言葉もなくますます顔を赤く染めた。自分を抱くというその言葉に一体何が言えただろうか。確かなのは、自分がそれを嫌だと思ってないことだ。触れられた頬が熱を持ったように熱く疼き、それと連動するようにきゅっとお腹の奥にくすぐったいものが広がっていく。

レナルドがふっと笑った。

「本当は今すぐそうしたいところだけど、それはやめておくわ。だって、この問題が片付かない限り、あんたはそれを受け入れても、心の中ではそれがきっと自分を懐柔するためだとどうしても疑ってしまうだろうから」

その言葉にリンゼイの心臓が今までとは違った音を立てた。……自分でもそうに違いないと思ったからだ。信じようと決めたけど、ふとした瞬間、きっと自分はレナルドを疑ってしまうだろう。

「だから今は触れない。すべてはこの事件が終わったらよ」

それに対して何も言えないでいると、馬車がベイントン邸に到着した。レナルドは馬車を先に降り、リンゼイが降りるのに手を貸しながら、不意にクックックッと笑い出した。

「レナルドさん？」

何がおかしいのかと首を傾げると、リンゼイの手を取ったままなおも笑いながら言った。

「いえ、何となくジェイラントが人前でもアデリシアに触れたがる気持ちが分かると思ってね」

「え？」

「他人にもアデリシア自身にも知らしめたいのよ、彼女は自分のモノだって。その気持ち、今なら分かるわ」

そう言うとレナルドはリンゼイの方に身を屈め、彼女の耳に口を寄せて囁いた。

「あんたは俺のモノだ、リンゼイ。遠くないうちに必ずその身に刻んでやる。誰の目にもはっきり分かるように」

リンゼイの心臓が一際大きな音を立てた。顔だけではなく、全身が赤く染まり、身を駆け抜ける疼きにどこからともなく震えが走る。レナルドは手を離して一歩下がり、そんな彼女を満足そうに眺めたあと、馬車に乗り込みながら楽しげに言った。

「また、会いに来るわ。今度は門前払いはナシよ」

去っていく馬車を呆然と見送りながらリンゼイは、身だけではなく心にもレナルドの刻印をはっきり押されていくのを感じていた。

6　対決

いつもの日常が戻ってきた。

取引は終わったものの、特に否定もしていないため、リンゼイは対外的にはまだレナルドの婚約者として扱われていた。公の場に二人で姿を見せることはなくても、あのパーティに出席した貴族の口から話はどんどん広まっていったからだ。

レナルドもベイントン邸に再び姿を見せるようになり、リンゼイもクラウザー邸を訪れて婚約者を演じる。演じる必要はないけれど、歓迎してくれるレイチェルをがっかりさせたくなかったからだ。だが、それだけだ。

「二人が仲直りして、元に戻ってくれてよかったわ」

アデリシアなどはそう言って安堵の笑みを浮かべたが、元に戻ったわけではないのだ。今のレナルドとリンゼイの間には、たとえ二人きりであろうとも性的な触れ合いも仄めかしも一切なかった。趣味の合う友人同士といった関係の枠に収まっている。

けれど、レナルドの自分を見つめる瞳に、時折熱っぽいものが浮かんでいるのをリンゼイは知っている。リンゼイ自身も今のこの関係は心地よいけれど、何か物足りなさを感じていた。……いや、正直に言えばレナルドに触れてもらいたいと思っていた。彼はレッスンを施したのは快楽を覚えさせ、自分に溺れさせるためだと言ったが、どうやらすっかり彼の思惑に嵌まってしまったらしい。けれどそれでもいいと思った。身体のことを抜いてもレナルドほどリンゼイが強く惹かれた相手はいない。この事件が一刻も早く決着がつくことを望んでいるのは、レナルドだけではないのだ。

そうやって日常を営む一方で、ダニエル・ショーソンを罠にかける仕掛けは着々と進んでいた。

まず二週間後に何点かの書籍を特別室へ移すことと、それまでその本は特別措置で閲覧は可能とするが、図書館外に持ち出すことは禁ずるという告知が図書館内に貼り出された。これで図書館を利用する人たちの口からダニエルに情報が行くことだろう。告知したことで図書館内部の警備を増やす正当な理由も生まれ、ダニエルを待ち構える罠を覆い隠してくれる。二週間という異例の長さはダニエルの警戒心を解くのに十分な時間を与えてくれるだろう。こうして獲物がすっかり警戒を解き油断して入り込んだところを仕掛けておいた網ですくうのだ。

リンゼイはその計画の詳細と経過を、レナルドから細かく報告を受けていた。リンゼイに知られないようにしていたことで彼女の信頼を失ったため、レナルドは今回はその二の舞を演じないようにしているらしい。リンゼイはそのことを嬉しく思った。

そうして罠を仕掛けて一週間、とうとう待ち望んでいた動きがあった。

「あいつが網にかかり始めたようよ」

レナルドがその日の夜、仕事帰りにベイントン邸を訪れて開口一番にそう言った。

ダニエルを見張っている者から、彼が図書館に現れたという報告があったというのだ。

もちろん警備の兵士が館内をうろついているので、この日は特別室へ移動する本の確認だけで帰ったらしいが。

「様子見なんでしょう。きっとまた来るわ。警備の穴を調べて盗む機会を窺うために」

その言葉どおり、それから毎日ダニエルはこそこそと図書館に来るらしい。結局何も盗らずに帰っていったが、昨日など警備に穴のある閉館間際にも来たようだ。

「最後の確認でしょう。おそらく今日、決行すると思う。というより今日を逃したらもうあとがないわ。明日から特別室に移される予定なんだから」

期限最後の日の朝、ベイントン邸に来たレナルドは言った。

「今日はジェイラントと共に図書館につめてあいつを捕まえるわ。万一取り逃がしてもあいつがあんたを狙う余裕はないと思うけど……いい、リンゼイ。気をつけるのよ。もし何かあっても一人で何とかしようとしてはダメよ」

「私のことは大丈夫です。警備の人数は増やしましたし。それよりレナルドさんたちこそ気をつけて下さい」

内密に処理をしなければならないため、ダニエルを捕まえるのも、捕まえたあと尋問するのもレナルドやジェイラント自ら行うことになっていた。万一ダニエルが武器を持っていたりしたら……怪我をすることだってあるかもしれない。

「大丈夫。ダニエルに後れを取ることはないから」

レナルドはそう言って笑ったが、リンゼイの心配は晴れなかった。

「大丈夫よ、リンゼイ、落ち着いて。お二人のことは心配いらないわ。ジェイラント様によれば、お二人ともお強いらしいから」

その日の午後、落ち着かない時間を過ごすリンゼイのもとにアデリシアが訪ねてきていた。二人で結果を待っていた方が心強いだろうと言って。ところが実際は、彼女もジェイラントのことを心配しているだろうに、もっぱらリンゼイの慰め役に回るという状況になっている。いつもとは逆の構図に、窓とソファを行ったり来たりしていたリンゼイも思わず苦笑してしまった。アデリシアもクスクス笑う。

「これっていつもと反対ね。いつもなら落ち着きがないのは私の方で、リンゼイは『大丈夫よ、アディ』って言ってくれてるのに」

「そうね。でも今回はベイントン商会……うちのせいだから」

「ベイントン商会が悪いんじゃないわ。それを利用しようとするダニエルたちが悪いの。商会は被害者でしょう？」

だが、ジョスランはベイントン商会の人間だ。商会は被害者でもあり、加害者でもあるのだ。道義的責任は免れないだろう。だからこそレナルドたちは内密に動いてくれているのだ。父のために、商会で働く善良な人たちのために。

けれど、そのためにレナルドたちが怪我でもしてしまったら……そう思うといても立ってもいられなかった。

リンゼイは窓の外に視線を向けた。もう日は傾き、空も夕日に赤く染まっている。そろそろ図書館の閉館の時刻だろう。

「捕まえたらすぐ知らせがくるようになっているんでしょう?」

窓の外をじっと眺めるリンゼイに、アデリシアが尋ねる。

「ええ。この屋敷は王城に近い繁華街にあるから、すぐ届けられると思うわ」

リンゼイはそれを今か今かと待っていた。連絡が来れば、首尾よくいったということだ。取り逃がしたとしても……連絡が入るか、ここに来てくれるだろう。けれど、もし怪我でもしてしまったら……。

じりじりとした時間がすぎていく。やがて太陽が沈み、夜の帳《とばり》がおりる頃、ようやく待ち望んでいた連絡がリンゼイのもとに届いた。

それを届けてくれたのはランダルだ。城から馬を駆り、急いでやってきた彼は玄関でリンゼイとアデリシアが駆けつけるなり息せき切って言った。

「アディ、リンゼイ! 喜んでよ! ダニエル・ショーソンが捕まった! 本を持って図書館を出たところをレナルドさんとジェイラントさんが取り押さえたんだ。少々暴れたけど、二人に怪我はないよ」

「ランダル、本当？　本当なの？」

「僕が嘘言ってどうすんのさ、アディ。いやぁ、あの二人の手際のよいこと！　二人とも文官なのに宰相様がつけて下さった兵士より素早かったよ」

「よかった……！」

リンゼイはホッと安堵の息を吐いた。

「リンゼイ、よかったわね！」

アデリシアと手を取り合って計画の成功を喜んでいると、ランダルが言った。

「引き続き尋問が始まっているから、僕、城に戻るね。また何か進展があったら知らせに来るよ」

「ランダル、ありがとう！　あなたも気をつけてね」

馬で城に戻っていくランダルを二人で見送ったあと、玄関先でアデリシアが言った。

「さて、私はスタンレー邸に戻るとするわ」

リンゼイは目を丸くした。

「もうすぐディナーの時間よ。用意させるから食べていってちょうだい」

けれどアデリシアは首を振った。

「ううん。きっとジェイラント様は食事を摂る暇もないと思うの。だから家で帰ってくる

のだ。

リンゼイはアデリシアをギュッと抱きしめた。ジェイラントがアデリシアを溺愛するのも分かる気がした。彼女は自分の気持ちや感情に素直で、それを表に出すのを躊躇わない

「アディ」

のを待って一緒に食べたいなって……」

――私も……彼女を見習わなければ。

この件が終わったら、レナルドに自分の素直な気持ちを打ち明けよう。ベイントンに関係なくリンゼイを気に入ったのだという彼の言葉を信じていると。嘘をつかれて傷ついたけど、それは彼を好きだという気持ちがあったからこそだと。

「きっと終わったらレナルドさんもここに寄ってくれると思う。私も、彼を待つことにするわ」

「リンゼイ。頑張ってね」

アデリシアもリンゼイをぎゅっと抱き返した。

スタンレー家の御者は優秀で心得ているらしく、玄関先に姿を見せた女主人に気づいて、すでに出発の準備を始めていた。ガラガラと小さな車輪の音を響かせて、玄関先にいる女主人の目の前にすっと馬車を止める。

「じゃあ、またね、リンゼイ」

「ええ。今日はありがとうアディ。もう外は暗いから気をつけ……」

馬車に乗り込むアデリシアと別れの挨拶を交わしていると、ふと門の方からランプを掲げた人がこちらに走ってくるのに気づいてリンゼイは言葉を止めた。それはなんとアリスだった。

アリスは玄関先にいるリンゼイの姿を見ると、ホッと泣き笑いの表情を浮かべてさらに走り寄ってきた。

「リンゼイ！　よかった、いて下さった！」

「どうしたの、アリス？」

リンゼイは目を丸くする。目の前に来たアリスはいつも冷静な彼女とは思えないほど、取り乱していた。額から玉の汗を流し、何かとても焦っているようだ。

「私、もうどうしていいか分からなくて……！」

「アリス、落ち着いて」

宥めながら、リンゼイはハッとする。アリスのこの取り乱しようは尋常ではない。そして彼女がこんな風に冷静さを欠く原因は一つしかない。ジョスランのことだ。

「もしかして、ジョスランがどうかしたの？」

嫌な予感がした。ダニエルが捕まった日にジョスランに何事か変わったことが起きるなんて……。

アリスは息を整えるように深呼吸すると、さっきよりは落ち着いた口調で話し出した。それはリンゼイとアデリシアを仰天させるに十分な内容だった。

「ジョスランが、おかしいんです。今日残って何か書類を作成していると思ったら……特別御用品の書類だったんです。でも、でも、御用品の依頼なんてまったく入っていないんです、それなのに書類を作成って、おかしいですよね!?」

特別御用品……!

リンゼイとアデリシアは顔を見合わせた。

「おかしいと思ったのですが、聞けなくて。でもすごく気になって、ジョスランが席を外した隙にこっそり中身を見てみたんです。そうしたら……書類では荷は織物のはずなのに……中身は宝石だったり……とにかく違うんです。おかしいですよね？　もうどうしたらいいのか……。お願いです、リンゼイ、とにかく一緒に行って確認してもらえますか？　見てもらえれば私の言っていることが分かると思うんです！」

「その荷は会社にあるのね？」

もしそれが本当なら、荷を押さえることができれば重要な物的証拠になる。けれどアリスは首を振った。

「いいえ、荷はもう倉庫へ運ばれてしまいました」

「倉庫へ？　なんてこと！」

それではその荷は今すぐにでも外国へ向けて出荷されてしまうかもしれない！

「リンゼイ！　それから、そこの……アリスだったわね、急ぐんでしょ？　この馬車で送るから、二人とも乗って！」

アデリシアが馬車の扉を開いてリンゼイとアリスに言った。

「ありがとう、アディ」

リンゼイは執事に王城への連絡を頼むと、御者にベイントン商会所有の倉庫がある港の方に向かうように指示し、急いでアリスを促して馬車に乗り込んだ。アデリシアを巻き込んでしまうが、今はベイントン家所有の馬車を用意する時間すら惜しかった。

馬車が王城とは反対方向に向かって動き出すと、リンゼイは向かいに座るアリスに確認するように尋ねる。

「特別御用品の依頼がないのは本当なのね？　それなのにジョスランが書類を作成していたと」

「はい。私はジョスランの事務仕事を一手に引き受けていますから、依頼が来れば分かります。ここひと月の間、依頼は来ていません」

その言葉にリンゼイは唇を噛みしめる。嘘であって欲しいと心のどこかで願っていたが、かなわなかったようだ。ジョスランが窃盗団の仲間で、ベイントン商会に背信行為を働いているのはもう確実だ。アリスは手にしたランプを抱えながらぶるっと震えた。

「……リンゼイ。ジョスランは……何か悪いことに関わっているんですか？」

頭のいい彼女はジョスランの行為が何を意味しているのか薄々察しているらしい。

「残念ながらそのようだわ」

「なんてこと……」

アリスはうなだれた。この様子ではアリスはジョスランの共犯者というわけではなく、彼が窃盗団と関わりがあることをまったく知らなかったようだ。

その間にも馬車は繁華街を抜け、港の方に向けて夜道をひた走る。この道は昼間は港の方へと向かう荷物や人の往来があるが、日が落ちて真っ暗になった今はほとんど人気《ひとけ》はない。荷車がたまにすれ違うだけだ。

「リンゼイ、倉庫に行って確認したら、その荷はどうするの？　この馬車は大きな荷物は積めないし」

アデリシアが尋ねる。

「そうね、とりあえず倉庫長のベンはレナルドさんの友達で事情を知っているから、彼を探して荷物を出荷しないようにしてもらって……」

そう答えた時、不意にリンゼイの脳裏に今朝レナルドに言われた言葉が蘇った。

――『もし何かあっても一人で何とかしようとしてはダメよ』

「…………」

「リンゼイ？」

急に唇に手を当てて何かを思案し始めたリンゼイを、アデリシアは不思議そうに眺めた。

やがてリンゼイは決然と顔を上げるとアデリシアに言った。

「アディ。戻りましょう。……いいえ、来た道を戻ってそのまま城へ行ってレナルドさんたちと合流しましょう」

「リンゼイ!?」

びっくりして問いかけたのはアリスだった。

「倉庫へは？　荷はどうするんですか!?」

「荷はおそらく大丈夫。もう暗いから今から出荷されることはないと思う。それに、倉庫長のベンはレナルドさんから特別品があった場合はその荷を出荷せずに留めておくように言われているはずよ。だから大丈夫。私たちが行くことはないわ。それよりアリス、レナルドさんたちの前でもう一度証言してもらえるかしら」

それからリンゼイは隣のアデリシアに顔を向けて説明した。

「アリスの証言があればダニエルを尋問するまでもなくジョスランを捕まえることができるわ。逃げたり証拠を隠滅される前に、ジョスランの身柄を押さえないと」

「そうね、そっちが先ね」

けれど、アデリシアが頷いた直後、妙に落ち着いてはっきりとした声が馬車の中に響いた。

「いいえ、私たちは倉庫へ行くんです、リンゼイ。城などではなく」

「……アリス？」

目を見開くリンゼイたちに奇妙な笑みを浮かべたアリスが言った。

「城になんて行かれると困るんですよ。だって、全部あなたを誘い出すための嘘なんですから」

「……え？」

言われた言葉だけでなく、その直後のアリスの行動はリンゼイたちを仰天させるに十分だった。彼女は手にしていたランプをいきなり馬車の窓へ叩きつけたのだ。

すさまじい音を立てて、ランプはガラスを突き破り、外に飛び出していった。

――それが、合図だった。

「万一のことを考えてこの馬車を追わせておいてよかったわ」

「アリス！　一体、何を――」

していいるの、と続けるはずだったリンゼイの言葉は、馬車がいきなり止まって車体が大きく揺れたことで口に出されることはなかった。

「何だ、お前たちは！」

外から御者の声が聞こえた。

「一体何が……、っ！」

アデリシアが割られていない方の窓から外を見て息を呑む。リンゼイも割られた窓ガラスから見える光景に言葉を失った。

馬車は何人もの男たちにすっかり囲まれていたのだった。

＊＊＊

レナルドとジェイラントはベイントン商会のハルストン支部に向かって馬を走らせていた。

「まさか、窃盗団との接点が女だったとはね！」

「盲点でしたね」

ダニエル・ショーソンを捕まえたあと、二人は彼を尋問した。彼は最初はとぼけ、あとは罵詈雑言を繰り返し、なかなか口を開くことはなかったが、この件が宰相や国王にまで報告が及んでいると知ると観念した。

ダニエルによると、最初簡単な手引きで大金が手に入ると声をかけてきたのは若い女だったという。手紙を使った連絡方法を指示してきたのもその女で、宛先も送り先も日雇いの労働者たちがよく使っている場末の宿になっていた。だが、女と会ったのも最初だけで最近はもっぱら手紙のやり取りに限定されていたようだ。報酬として大金が送られてくるだけで、その盗んだものをどうやって売りさばいているかまったく知らなかった。

窃盗団にとってダニエルは単なる末端で、取り換えのきく便利な案内人にすぎないのだろう。もっともダニエルは自分が名をあげた貴族の屋敷に窃盗団が入って盗んでいくので、あたかも自分が指示者であるような錯覚をしていたようだが……。

ダニエルと窃盗団の接点が分かったので、今度はその女が誰かという話になった。もちろんダニエルは女の本当の名前も何者なのかも知らなかった。分かるのは女の容姿と「A」と名乗っていたことだけ。

けれどレナルドはダニエルが挙げたその女の容姿——ピンクブロンドに水色の目に思い当たる人物がいた。リンゼイと街に出た時、偶然出会ったジョスラン・シューの後ろにひっそりとつき従っていた秘書の女だ。名前は確か——アリス。

ジョスランと窃盗団の接点が見えた。そう思ったレナルドとジェイラントはすぐさま彼の身柄確保に向かった。ダニエルが捕まったことはすぐ窃盗団やジョスランに伝わるだろう。だから彼らが逃げ出したり証拠を消す前に捕まえる必要があった。

ジョスランの行動を見張っている男によると、今日彼は外出することなくずっとハルストン支部の事務所につめているらしい。この時間なら事務所に残っている人間も多くはないだろう。今なら人目につくことなくジョスランを捕まえられるに違いない。

ベイントン商会の事務所に着くと二人は受付に残っていた従業員の制止を振り切り、一番奥にある支部長の部屋に向かった。ノックもなしに押し入ると、そこにはどこか途方に暮れたような顔で書類を手にしているジョスランがいた。だが、部屋に侵入してきたレナルドの顔を認めると、みるみるうちに険しい表情になる。

「お前は……！　いきなり無断で押し入るとは失礼だろう！」

レナルドはその言葉を無視して尋ねた。

「あんたの秘書はどこ？」

「は？」

「あんたの秘書であるアリスとかいう女はどこかと聞いているの」

レナルドのそのただならぬ様子にジョスランは鼻白んだが、眉を上げながら答える。

「彼女に何の用事か知らんが、アリスなら今日付で事務所を辞めたぞ」

「辞めた!?」

「ああ、何でも故国で行方不明だった親類と連絡がとれたとかで、そちらに行きたいから辞めると今日いきなり言い出して……」

レナルドとジェイラントは顔を見合わせた。そのどちらの顔にも驚愕とまさかという思いが浮かんでいた。

「アリスにいきなりいなくなられて困っているのはこちらも同じさ。何しろ書類仕事を全部任せていたのに、引き継ぎもなく、どこに何があるのか……」

精悍な、けれど今はどこか途方に暮れたようなジョスランの顔を見てレナルドは悟った。こいつは何も知らないのだと。

「してやられました。彼は隠れ蓑ですか……」

同じ結論に達したジェイラントが呻くように呟いた。二人は書類を作成する権限を持っている人間が窃盗団の協力者だと思っていた。この特別御用品はその特殊さから必ず責任者本人が書類を作ることを義務付けられていたからだ。まさかそれを偽造する人間がいるとは思ってなかった。……いや、偽造ではないかもしれない。

レナルドはジョスランを忌々しげに見つめた。

「あんた、自分がやらなければならなかった特別御用品の書類、あの秘書に作らせていたのね」

リンゼイも言っていたではないか。販路拡張のため留守がちなジョスランの代わりに事務所を切り盛りしていたのはあの秘書だと。おそらく特別御用品の書類もまかせっきりにしていたのだろう。あの秘書はそれを利用し、ジョスランを隠れ蓑にして御用品を使って盗品を送り込んでいたのだ。

「それは……」

ジョスランのバツの悪そうな顔がすべてを語っていた。

「この間抜け！　自分の足下をよく見ずに、やるべきことを疎かにしているから犯罪に利用されるのよ！」

完全にしてやられた。街中で会った時、自分が王室図書館で副館長をしていると告げた時アリスが驚いていたのは、リンゼイの婚約者が貴族だからじゃなかったのだ。ダニエルを窃盗団に引き入れたのがアリスなら、レナルドがリンゼイと婚約したことで自分たちに調査の手が近づいていることに気づいたに違いない。今日のダニエルへの罠のことにも気づいていて、ここら辺が潮時だとばかりに彼を切り捨てて逃げ出したのだろう。

「どうりで彼の身辺をいくら洗っても何も出ないはずです。迂闊でした。まさか秘書が主犯だとは……」

さすがのジェイラントも出し抜かれた形になって渋い顔になっている。レナルドは深いため息をついた。

「この男を調べて何も出なかった時、一歩進めて秘書の方も調査させるべきだったのよ。完全にアタシの落ち度だわ」

「さっきから君たちは一体何のことを言ってるんだ!?　いきなり押し入ってきたと思ったら訳の分からないことを！」

たまりかねたらしいジョスランが喚き出した。彼にしてみれば秘書はいなくなるわ、レナルドたちに押し入られるわ、さっぱり分からない状況だろう。けれどレナルドも親切に教えてやる義理はない。レナルドはジョスランに刺すような視線を向けた。

「そのうちいやでも分かるわ。あんたに道義的責任がないわけじゃない。無罪放免とはいかないわよ」

それからレナルドはジェイラントに向き直って言った。

「とりあえず、アリスの容姿は分かってるから、宰相殿に言って国境の強化を……」

けれどそこまで言った時に不意に嫌な予感を覚えてレナルドは言葉を切った。状況から見てアリスと窃盗団はダニエルを見限り、ジョスランに罪を押し付けて逃げ出したとみて間違いないだろう。もうこの国を離れてしまっているかもしれない。レナルドたちはアリスを取り逃がしてしまった形になったが、同時にこれ以上図書館やベイントン商会へ損害を与える事態は食い止められたとみていい。……けれど、なぜかレナルドは安堵ではなく胸騒ぎを覚えて仕方なかった。

「ルド？」

リンゼイは確か言っていた。秘書のアリスはジョスランを好きなのだと。けれど、ジョスランの目にあの秘書は映っていなかった。会ってやり取りをしたのはほんの一時だったが、レナルドには分かる。ジョスランが見ていたのはリンゼイだ。アリスがジョスランの名を隠れ蓑にしたのは、彼の書類を作成する機会があったからだけでなく、もしかして、決して自分を見てくれない相手への復讐のためだったのかもしれない……。

そこまで考えたレナルドは背中にざわっと冷たいものが走るのを感じた。

……フラれた腹いせにその相手を陥れようとするような女が、その男が自分を押しのけて選んだ相手に何もしないことがあるだろうか？

——答えは否だ。むしろ、男よりその女の方に憎悪の目を向けるだろう。

「マズイ、あの女の標的はリンゼイだ！」

＊＊＊

リンゼイとアデリシアはスタンレー家の馬車から降ろされ、別の馬車で港にある古い倉庫の一つに連れ込まれていた。

それはベイントン家所有の倉庫で、老朽化のため取り壊しが決まり閉鎖されたばかりのものだった。荷の移動が済んだあと出入り口は封鎖され、外から誰も入り込めないようになっていたが、隣接する小さな事務所兼休憩所だった建物から唯一中に入ることができた。

もっともその事務所に入るのには鍵が必要なのだが、アリスは支部の事務所から鍵を無断で持ち出していたようだ。

うす暗い事務所の中を、男たちに周囲を囲まれ進みながらリンゼイは己の迂闊さを責めていた。レナルドの言うことを聞いて、屋敷を離れなければ……。しかも自分のせいでアデリシアまで巻き込んでしまった。どうにかして彼女だけでも逃がさなければと思う。だが何人もの男に囲まれてしまってはどうすることもできない。

先頭に立ったアリスは倉庫への扉を開け、リンゼイたちを振り返ってにやりと笑った。

「さぁ、ついたわ。リンゼイ。ようこそ、私たちの祝杯の場にご招待するわ。このパーティのメインはあなた方よ」

促され、アデリシアと寄り添い合いながら入った倉庫はうす暗く、荷物も何もない状態でガランとしていた。男たちが手にしているランプの光のおかげで何とか周囲の状況が分かるが、パーティの用意と言えるものは何もなかった。

そう、何もないのだ。取り壊しが決まって荷物を出したそのままなのだろう。そんなところに連れて来た彼らの目的がろくなことじゃないのは明らかだ。リンゼイはぐるりと周囲を見回し、状況を確認した。今ここにいるのはアリスとリンゼイたち、それにアリスの仲間らしき男たちが五人。その男たちのうちの一人、とても体格のよい背の高い男性はアリスの横にいて、その他の四人はリンゼイたちを取り囲んでいる。その四人には見覚えはないが、アリスの隣にいる男性の後ろ姿には見覚えがあった。街中でばったり会った時、アリスと話をしていたあの男性だ。

リンゼイは口を引き結ぶと、アデリシアと繋いだ手に力を込めた。アデリシアもそれに応えてぎゅっと握り返してくる。怖いだろうにアデリシアも気丈にふるまっていた。泣いたり喚いたりもしない。何も言わず、状況を見極め、その目を見開いてちゃんと周囲のことを窺っている。何があってもすぐ対処できるように。ただ、繋いだ手に細かい震えが伝わってきていて、それが彼女の気持ちを如実に伝えてきていた。

リンゼイも正直に言えば、足がガクガク震えるほど怖かった。だが、アデリシアだけは何とか助けないとという思いが彼女を支えていた。

それにまったく希望がないわけではない。リンゼイたちが倉庫の方へ行くということは使用人を通じてレナルドに伝わっているだろう。スタンレー家の御者も殺されたわけではなく、縛られて馬車の座席に閉じ込められているだけだ。今頃は異変を感じた通行人に助けられているかもしれない。そうしたらリンゼイの状況は彼を通じてレナルドたちに知らされるだろう。きっと捜しに来てくれる。だから今のリンゼイにできることは、それまで時間かせぎをすることだ。

リンゼイは昂然と顔を上げてアリスに問うた。

「なぜ、こんなことをしたの、アリス」

今ではリンゼイにも、すべてアリスがやったことだということが分かっていた。男たちに馬車を囲まれた時に悟ったのだ。ジョスランは関係ない。ただ、名前と隠れ蓑に使われていただけだったのだ。

「ジョスランへの復讐のために、こんなことを……？」

けれどそのリンゼイの言葉にアリスは突然笑い出した。

「あらやだ。それは違うわ。あの男のことなどもうどうでもいいの。私はただ、リンゼイ、あなたの破滅が見たいだけ」

「何ですって？」

アデリシアが目を見開いた。その隣でリンゼイは絶句する。けれど、アリスの自分に向ける笑みに深い憎悪が見え隠れしていることに気づいて身を震わせた。……きっと前からそうだったのだ。リンゼイが気づかなかっただけで。

「リンゼイ、昔話をしてあげるわ。海を渡ってこの国に流れ着いた一人の哀れな女の話よ」

まるで歌うような口調で楽しげに告げたあと、アリスは不意に真顔になって話し始めた。

「私は内乱があった国の難民と言っていたけど、ほんとは違うの」

そう言ってアリスが告げた国名はあの内乱があった国の隣に位置する国だった。

「両親は会社を経営していて、私は一人娘として大事にされていた。そう、あなたと同じように。けれど、不幸は突然訪れた。父が事業に失敗したのよ。会社を失い、家も何もかも手放すことになった。けれどそれだけじゃ終わらなかったの。最後にお金を融資してもらったところがまともな連中じゃなかったのよ。やつらは資金の回収ができないと脅迫まがいのことを繰り返した。その取り立てに恐れをなした両親が何をしたと思う？　私を借金のカタにあいつらに売り渡したのよ。愛してくれていたはずの両親がね。私はそいつらに連れて行かれ、閉じ込められ、そして犯されたわ」

リンゼイとアデリシアは息をのんだ。そんな彼女たちをよそにアリスは淡々と続ける。

「私は奴らの慰み者になった。毎日相手をさせられた。泣き叫んでも無駄。終わらない地獄のようだったわ。けれどこのままではもっと悲惨なことになるのが分かってた。だから隙をついて逃げ出し、やつらの手の届かない場所へ行こうとその時港に停泊していた船で密航したのよ。それがこのハルストン行きの船だったわ。当時隣国で内乱が続いていたこともあって、この国の港にもまだ難民が溢れていた。私は彼らの中に紛れ込んで名前を変えて難民を名乗ることにしたの。誰も私のことなんか知らないし、混乱していたから適当な街の名前を言ったらすぐに難民として登録されたわ。……あとはリンゼイも知っての通りよ。私は生きるためベイントン商会で働き始めた。幸い文字も書けるし計算もできたから重宝され、ジョスランに見いだされ、秘書にまでなった。昔の不幸は忘れて人生をやり直せると思ったの。……でもベイントン商会にはあなたがいたわ、リンゼイ」

「私……？」

「あなたを見ているとまるで昔の自分を見ているような気がしたわ。最初は微笑ましかったのよ？　けれど、私が失ったものすべてをあなたは持っていると思ったら見ているのが辛くなった。私だって父が事業に失敗しなければ両親にも皆にも大事にされ、愛されて幸せに暮らせたのにって。私が毎日頑張って働いてようやく得られる日々の糧を、あなたは何の苦労もなく与えられて享受している。私が身を汚されこんな遠い国で苦労しているのに、あなたは毎日幸せで何一つ欠けることなく過ごしているって」

アリスは自らが手にしているランプに照らされながら自嘲のような笑みを浮かべた。

「もちろんこれは単なる逆恨みよ。父の事業の失敗はあなたのせいではないし、何も関係ないわ。けれど私がこうして生きるのに必死でいる一方、あなたはどんどん美しく成長していく。その上社長が貴族としての称号を得て、あなたは準男爵令嬢としてますます輝いていったわ。ねぇ、美しいドレスを着て夜会に出かけるあなたの姿を見せつけられて、私がどんなみじめな気持ちでいたと思う？　私は女としての幸せを得ることなく陰で燻っているのに。そう思って妬まずにいられなかった……」

リンゼイは唇を噛みしめた。リンゼイ自身は決して望んでいなかった貴族の世界。きらびやかに見えても中身は醜い見栄と虚構が渦巻いている場所。リンゼイはそこで成金と蔑まれ、冷たく拒絶された。けれど、そんなリンゼイでもアリスには輝いて見えたのだろうか。貴族の仲間入りをして幸せそうに見えたのだろうか。

やるせない思いにリンゼイの身体が震えた。それに気づいたアデリシアがぎゅっと握った手に力を入れる。まるでリンゼイを慰めるように。

「けれど、それだけだったら我慢できたわ。私を底辺から掬い上げ、必要だと言ってくれたジョスランがあなたを結婚相手として考えていると知るまでは。……知ってる？　ジョスランは支部長になって以来、あなたの横に並ぶに相応しい実績を作るために事業を拡張しようと頑張っていたの。そして私はそれを毎日近くで見せつけられてきたのよ？　私はあなたが羨ましくて憎らしくて仕方なかった……！」

アリスはその目にはっきりとした憎しみをのせてリンゼイを射貫いた。

「それまでは、いつか私を見てくれると思っていたわ。一番長く傍にいるのは私ですもの。でもジョスランの目に私は映っていなかった。一度だけ深く酔っぱらった時に肉体関係を持ったけど……淡い期待を抱いていた私に彼は翌日言ったわ。これは単なる過ちだと。私は彼に相応しいものを持っていないから結婚相手には考えてもいないって」

リンゼイは息を呑んだ。一度だけ二人に肉体関係があったことにも、抱いた翌日にそんなことを言ったジョスランの無神経さにも驚愕していた。

そんなリンゼイをよそにアリスは淡々と言葉を続ける。けれどその口調とは裏腹に、リンゼイを見る目は冷たい憎悪に満ちていた。

「その言葉を聞いた瞬間、彼に対する気持ちは粉々に砕け散った。もうどうでもよくなったわ。そして私に残されたのはあなたに対する憎悪だけだった。ジョスランだろうがどこかの貴族相手だろうが、あなただけが幸せになるなんて許せないわ、そうじゃなくて？」

そう言ってアリスは突然微笑んだ。それは綺麗な笑みで、同時にとても恐ろしく見える笑顔だった。

「裕福で、美しく聡明で、誰からも愛されるリンゼイ。そのあなたの幸せを壊すことが私の幸せであり生きる目的になった。私と同じように何もかも失わせてやると心に誓ったわ」
　リンゼイはその叩きつけられるような憎しみに、無意識に後ろに下がる。アデリシアも
それに続いた。けれど周りを男たちに囲まれているため、それ以上進むことはかなわない。
　アリスはそんなリンゼイたちを見て、クッと笑った。
「怖い？　私もそうだったわ。故国であいつらに薄汚れた部屋に連れて行かれて凌辱され
た時にはね。……そんな時に偶然出会ったのが彼よ」
　アリスはそう言って傍らの体格のいい男に甘えるように寄り添う。男はにやりと笑うと
我が物顔でアリスの腰に手を回した。リンゼイはそのなれなれしいしぐさに、彼らに肉体
関係があることを悟る。
「場末の酒場で話が聞こえたのがきっかけ。彼は窃盗団を率いているのだけれど、最近国
境の警備が厳しくなって盗んだ荷を海外に持ち出すのが難しくなったっていう話をしてい
た。その時に閃いたのよ。あなたやジョスランを破滅させる方法に。ジョスランは私に特
別品の書類の作成も任せていたから彼の名前を使って海外に品物を流すのはとても簡単な
ことだったわ。万一発覚しても、罪に問われるのはジョスランと、彼を雇っているベイン
トン商会よ。この制度を悪用したのが広まればベイントン商会の信用も地に落ちるだろう
し、罰を受けるでしょう。一度失った信用はそう簡単には戻らない。早々に商会は潰れ、
準男爵の身分は剥奪されてベイントン家は破滅する。何もかも失ったあなたも落ちぶれる

でしょう。私はそれを安全な場所で眺めている、そういう計画だったの」

「……ダニエル・ショーソンは？」

アデリシアがアリスを睨みつけながら尋ねる。アリスは「ああ、彼？」と言って眉を上げた。

「貴族様のくせに場末の娼館に通っていて、主家にそっぽを向かれて財政の危機にあるというもっぱらの噂だった。これは使えると思って声をかけたわ。高位の貴族に媚を売っていたから顔だけは広いみたいだし、その貴族の館に内部から手引きをしてもらえれば侵入するのは簡単だから。何より、単純なくせに自分の頭がいいと勘違いしていて、おだてればすぐにその気になってくれるのがよかったわ。だけどそれだけに、足がつくのだったらあの間抜けからだと思ってた。だって王室図書館の貴重な本を盗むからそれを盗品と一緒に流してくれって言ってきたのよ？　図書館の人間に怨みがあるからって。城という限られた人間しか入れない場所で、貴重な本を持ち出すだなんて、すぐあの間抜けがやったってバレるに決まっている。案の定、図書館副館長様が出てきたじゃない。特別品のカラクリに気づいて探りにきたんだってすぐに分かったわ。だから私たちはあいつを切ることに決めたのよ。今日のことだって罠だって気づいたけど、わざと放置したの。捕縛の網があいつやジョスランに向いているうちに私たちはここを出て新しくやり直すつもりよ。でもその前に置き土産をしていきたいのよ」

そう言って言葉を切ると、アリスは嫌な笑いをその顔に浮かべた。

「ねぇ、なぜ今逃げずにここにいるんだと思う？　私はね、リンゼイ。遠くからベイントン商会の崩壊を見るだけじゃ気がすまないの。どうしても私の手であなたが不幸になるところが見たいの。だからわざわざこんな手間をかけて誘い出したのよ。あなたは今からここで彼らに襲われるの。あの下卑《げび》た男たちに私がされたようにね！」

　リンゼイの顔から血の気が引いた。アデリシアがアリスに叫ぶ。

「何ですって！　なんて酷いことを！」

　その言葉を無視してアリスはうっとりとした顔になった。

「あなたの泣き叫ぶ顔が楽しみよ、リンゼイ。男たちに押さえつけられて無理やり突っ込まれて、その肌を男たちの欲望に穢されて……そんなあなたはきっと素敵よ。私が全部見ていてあげる。大丈夫、命を取るなんてことはしないわ。あなたの好い人のところにもちゃんと戻してあげる。……もっとも何人もの男に穢された身だけどね」

　アリスは嫣然と笑った。

「そしてそのことをたくさんの人間が知ることになるのよ。御者は今頃救出されて、大勢の応援を呼んでいるでしょう。そのうちここも発見するわね。そして彼らは見つけるのよ――何人もの男に凌辱された跡も痛々しいあなたの姿を。あなたが穢されたことはあっという間に広がるでしょう」

　リンゼイはブルッと震えた。そんなことになったらさぞ世間の同情と好奇、そして悪意の目に晒されるだろう。けれど、リンゼイはそのことよりも、自分の身に待っている凌辱の恐怖よりも、アリスの自分に対する憎悪が恐ろしいと思った。

アデリシアがそんなリンゼイを抱きしめ、アリスを睨みつけて言う。

「そんなことはさせないわ！」

けれどアリスはアデリシアに眉を上げてみせた。

「あら、美しい友情ね。だったらあなたも一緒に男たちの相手をしてもらってもいいのよ、貴族のお嬢さん」

「っ！　だめ！」

リンゼイは叫んでとっさにアデリシアの前に庇うように飛び出した。

「アディは関係ないでしょう！　指一本触れないで！　ここから出してあげて！」

アデリシアには愛し愛されている夫がいる。もし男たちに穢されでもしたら、ジェイラントが気にしないと言ってくれても、きっと絶望のあまり病むか命を絶ってしまうに違いない。そんなことになるくらいなら……！　リンゼイはぎゅっと手を握り締め、悲痛な覚悟を決めた。決然と顔を上げ、アリスに告げる。

「アディに何もしないでここから出してくれるというのなら……私はこの身を差し出してもいいわ」

「リンゼイ！　そんなのダメ！」

アデリシアがギョッとする。それを見てアリスは笑った。

「あらあら、自ら彼らの相手をしてくれるというのね。それも一興。屈辱に耐えながら自ら男に足を開くあなたを見るのもきっと楽しいでしょうよ。……わかったわ、連れて行きなさい」

アリスが指示すると、リンゼイたちの周りを囲っていた男の一人が進み出てアデリシアの手を摑んでリンゼイから引きはがした。

「は、放して！　っ、リンゼイ、リンゼイ、だめだったら！」

けれど涙を浮かべて叫ぶアデリシアを男は事務所へ続く扉の方に引きずるようにして連れて行く。

「リンゼイ！　リンゼイ！」

リンゼイはぎゅっと目を瞑り、その悲痛な響きの呼び声に心の中で謝った。

——ごめんなさいアディ、こんなことに巻き込んで。これから待つ運命を考えたら、二度と友人だと言ってもらえないかもしれないけど、こんな私を受け入れてくれたあなただけは何としても守りたいの。

やがて扉が閉まり、アデリシアの声は聞こえなくなった。リンゼイはアデリシアが無事に解放されることと、あの連れて行った男に危害を加えられたりしないことを祈った。

「美しい友情だこと。でも約束は守ってもらうわよ」

アリスが笑い、その言葉が終わるか終わらないかのうちに周りの男が動き、輪が狭まる。

リンゼイは震える足を叱咤しながら一生懸命自分に言い聞かせた。

こんなの何でもない。純潔を重んじる貴族とは違って庶民はもっと性に対して大らかだ。

結婚前に経験をしている人も多い。そしてリンゼイは貴族ではない。商人階級出身だ。だから、たとえ不名誉な噂が流れようとも死を選ぶほどではない。両親には迷惑をかけてしまうだろうが、きっと支えてくれるだろう。

そう思いながらもリンゼイはレナルドのことはわざと考えないようにしていた。考えたら決心が鈍ってしまうから。嫌だと泣き叫んでしまうだろうから。

リンゼイを取り囲む三人の男たちの顔には下卑た笑みが浮かんでいる。若い者もいたし、中年の男もいた。けれどいずれも若く美しい娘の身体を好きにできるとあって興奮しているようだ。そのうちの二人に左右から腕を摑まれてリンゼイの背中に嫌悪の震えが走った。

リンゼイが拘束されたのを見てアリスの隣にいた大男が動いた。悠然とこちらに向かってくる。リンゼイの足が震えた。この男が窃盗団を率いているという。おそらく先陣を切ってリンゼイを襲うつもりなのだろう。

男はリンゼイの目の前で足を止めると彼女の顔をしげしげと見下ろした。

「上玉だな」

それからにやりと笑うと、男はアリスを振り返る。

「なぁ、置いていかずにこの女を連れて行くっていうのはどうだ？　女っ気がない連中のいい発散相手になるだろう」

男が恐ろしいことを言うと、アリスはふふっと笑った。

「あら、私がされたように慰み者にするのね？　いいわよ、この女を飼えば私の楽しみがもっと続くもの」

なんてことだろう。この男とアリスは一時だけでは終わらせないつもりなのだ！

——連れて行かれてしまう……二度と彼に会えなくなってしまう！

そう思ったとたん、リンゼイの目にこらえていた涙が浮かんだ。考えないようにしていた面影が胸に浮かんで苦しくなる。

平気だなんて嘘だ。こんな男たちに近づいて欲しくない。レナルド以外の男に触れられると思うだけで胃の奥から不快なものがせり上がってくる。こんなやつらに穢されて、慰み者になって、二度とレナルドと会えないなんて……！

……こんなことなら、あの宿の二階でレナルドに抱かれてしまえばよかった。そうすれば最初だけは愛する男性に捧げられたのに。

男が震えるリンゼイの首筋に屈みこんでそこに唇を押し当てた。レナルドがいつかつけたキスマークと同じ場所だった。男の息と濡れたようなぶよぶよした感触に全身が粟立つ。

リンゼイはぎゅっと目を瞑った。その頬を涙が流れていく。

その時だ。目を閉じたリンゼイの耳に扉の向こうで何かガタガタという音が聞こえた。

ハッと目を見開く。まさか、アデリシアがあの連れて行った男に襲われて……？

そう思ったら力が出た。同じく音に気を取られていた左右二人の男の手を振りほどき、顔を上げていた大男の身体を満身の力を込めて押しやる。大男は同じように扉の外の音に気を取られていたため不意をつかれ、バランスを崩して後ろ向きに転倒した。

「この女《アマ》！」

男が身を起こして怒鳴った時にはリンゼイは扉に向かって走り出していた。けれどたどり着く前にその扉が荒々しく開いて、一人の男の身体が文字通り倉庫に転がりこんできた。リンゼイはびっくりして足を止める。それはアデリシアを連れて行ったはずの男だった。男は回転が止まるとそのまま動かなくなった。

「あ、あなたたちは……！」

アリスの慌てたような声に戸口に目を向けると、そこにはレナルドと、アデリシアをその腕にしっかり抱きしめたジェイラントが立っていた。アデリシアの目がリンゼイを認めるとパッと輝く。

「リンゼイ、よかった、何ともなくて！」

リンゼイが突然の助けに呆然としている間にレナルドが動いていた。その手にはいつの間にかナイフがあり、倉庫に足を踏み入れながら男たちに向かって投げつける。無造作に放ったようでありながらその狙いは正確で、男たちのうちの一人の腹に突き刺さった。男がうめき声一つあげずに床に倒れ込んでいく。

「仲間が持っていたナイフの味だ。その身でゆっくり味わうんだな」

無表情に、淡々とレナルドが告げた。

「貴様！」

片膝をついたまま闖入者に驚いていた大男がそれを見て立ち上がり、怒鳴った。残りの手下二人もナイフを取り出して身構えた。けれどレナルドは意に介さず、呆然とするリンゼイの前に来ると、一瞬だけギュッと腕に抱きしめた。

「忠告しておいたのに。リンゼイ、あとでお仕置きだ」

彼女にだけ聞こえる声で囁かれた言葉にリンゼイが身を震わせる。けれどそれはさっきの男に対するものとは違って喜びの震えだった。

レナルドはリンゼイから手を離し、その身体をジェイラントの方に押しやると大男とアリスに視線を向けた。

「人の女を傷つけようとしたんだ。覚悟はできているだろうな」

「あら、婚約者殿のお出ましというわけね」

アリスは怯んだものの、すぐ余裕の笑みを浮かべた。それだけ大男やその仲間の腕っぷしに自信があるのかもしれない。その大男はレナルドの女性的な美貌とレースをふんだんに使った上着を見て鼻で笑った。

「女みたいな顔しやがって。俺はなよなよしい貴族様ってやつが大嫌いなんだよ。そのお綺麗な顔をめちゃめちゃにしてやる」

けれどレナルドはその言葉に眉を上げてまるで独り言のように呟く。

「女みたいな顔、か。もう俺の周りで面と向かってそんなことを言うやつはいないから、新鮮だ」

リンゼイはそこでようやくレナルドが女言葉をかなぐり捨てていることに気づいた。

「何ごちゃごちゃ言ってるんだよ！」

大男はそう吠えながら拳を上げてレナルドに迫った。身体が大きなわりに俊敏な動きだった。

「レナルドさん！」

だが、レナルドは自分の顔めがけて振り下ろされた拳をすっと横に避けると、そのまま大男の脇をすり抜けて後方にいた手下二人の方に向かった。

「何だと!?」

手下たちはまさかボスをかわして自分たちの方に来るとは思ってなかったらしい。手前側にいた男は迫るレナルドにナイフを構え直す暇もなく、あっという間に間合いを詰められる。そして長い足を活かした強力な蹴りをうなじにまともに入れられ、数メートル先までふっ飛ばされた。男は床に沈みそのまま動かなくなる。

「こいつ！」

もう一人の手下がそれを見てナイフをレナルドに突き立てようとする。ところがレナルドはそのナイフを身をひねるだけでかわし、突き出された腕をサッと摑んだと思ったらその手を背中に回して締め上げた。

「う、うぉぉぉぉ！」

男の口から呻きにも似た絶叫が上がる。ぼきっと嫌な音がしたところを見ると、おそらく関節を外したのだろう。痛みに男は目を開きその顔には脂汗がどっと浮かんだ。

「この野郎！」

拳を避けられ、体勢を整えるのに手間取った大男が再びレナルドに迫る。レナルドは表情も変えずに大男めがけて後ろ手に拘束していた手下の身体を放り投げた。

「なに……!?」

手下の身体をまともにぶつけられた大男はその勢いを支えきれずに折り重なるように地面に倒れ込む。大男の下敷きになったまま手下の身体は動かなくなった。

「す、すごい」

リンゼイは思わず呟いていた。大男以外の窃盗団をあっさり一撃で倒したレナルドは一糸乱れぬ姿でそこにたたずんでいる。そんな彼はいつもとまるで違っていた。

無表情で大男が立ち上がるのを見下ろすレナルドは彫像のように美しく、硬質な無機物を思わせた。けれどそれでいて、とても危険な、触れるだけで切り刻まれそうな雰囲気を持っていた。例えるなら抜き身の鋭利なナイフだ。そんな姿を、ほんの一瞬だけリンゼイは垣間見たことがある。あの宿屋の時だ。あの時も無表情で自分を見下ろした彼はこんな風に危険な雰囲気を出していて、まるで別人に見えたものだ。

そのレナルドに、アデリシアを抱いたジェイラントが声をかける。彼はあのレナルドを見ても何とも思わないらしい。

「ルド、あまり手荒なことをして、証言を得られなくなるのは困るんですが」

けれどレナルドはこちらを振り返ると、なぜかにっこりと笑顔を向けた。

「黙れ」

それはこの場と、口から出た答えにそぐわない、艶やかで華やかな笑みだった。けれどそれを見たジェイラントは眉を上げ、アデリシアとリンゼイに言った。

「二人ともここを出ましょう。ルドが完全にキレましたから」

「え?」

驚く二人の肩を抱き、ジェイラントは戸口に向かう。焦ったのはリンゼイだ。

「ま、待って下さい、レナルドさんは? 危なくなった時には助けないと!」

けれど、ジェイラントは強引にリンゼイたちを扉の外に連れ出してしまう。

「ルドなら大丈夫です。彼はとても強い。あの大男が多少腕に覚えがあろうが、あんな動きじゃルドには勝てません」

事務所を通りぬけながらジェイラントは言った。事務所の外に出ると、驚いたことに倉庫長のベンと見知らぬ男たちが何人も立っていた。ベンが三人の姿を見て、笑顔で駆け寄ってくる。

「ジェイ! どうやら無事に助け出せたみたいだな」

「ああ、君がすぐこの閉鎖された倉庫を思い出してくれたおかげで何事もなくて済んだ」

「このあたりは俺の庭のようなもんだからな。勝手されちゃ困るんだよ。しかも恩人の娘であり恩人の婚約者を傷つけようなんて奴らにはな。ルドはまだ中か?」

「久々にキレてますよ。すみませんが後始末お願いします」

その言葉にベンはあちゃーと呟いた。

「まぁ、婚約者が攫われたんだ。無理はないさ。あとは任せろ。行くぞ」

ベンはそう言って後ろの男たちに声を掛けると、リンゼイに目礼してから彼らを従えて事務所に入っていった。

そういえば、どうやって彼らはアリスのことや、リンゼイたちがこの倉庫にいるとこんなに早く分かったのだろう。リンゼイはジェイラントに問いかけるような視線を送った。彼女の聞きたいことを察したジェイラントは苦笑交じりに説明を始める。

「ダニエルと窃盗団を結んでいたのは女だったと知って、ルドがジョスラン・シューの秘書に思い当たったんです。でもベイントン商会に身柄の確保に向かったら、彼女は今日付で仕事を辞めたという。そこにベイントン家からの知らせがランダルを通じて届いて、君たちがあの秘書と一緒に出かけたことを知ったのです」

――話を聞いたレナルドとジェイラントは急ぎリンゼイたちが向かったと思われる港の方に馬を進めた。そこで通行人に助けてもらったスタンレー家の御者に出くわしたのだという。すぐさまリンゼイたちを救いに向かった彼らだったが、港に倉庫はたくさんあり、奴らがどの倉庫に彼女たちを連れ込んだのか分からなかった。だからレナルドたちはまず倉庫長をしているベンに協力を仰いだのだ。仲間を連れてすぐ来てくれたベンは話を聞いてすぐこの倉庫に思い当たったらしい。ここの鍵がハルストン支部の事務所に保管されていることを知っていたからだ。

「だからベンのおかげでもあるんですよ」

「あの、彼が言っていた恩人の娘であり恩人の婚約者というのは……？」

リンゼイの父が恩人というのはまだ分かる。雇い主だし、労働者たちを纏め上げるベンの手腕を高く買って、若いのに倉庫長に取り立てたのは父だからだ。だが、レナルドが彼の恩人とはどういうことだろうか？

「ベンは昔、難民孤児だったんです。そして同じような境遇の孤児たちのボスみたいなことをやっていました。身寄りのない彼らは……殺人こそ犯していないものの、窃盗や強盗のような真似をして必死に慣れないこの地で生きていたのです」

戦火を逃れてこの国に逃げてきたのはいいが親はいない。身元引受人もいない彼らは路上生活をするしかなく、生きるために犯罪行為を繰り返していたのだ。

「その頃ルドは親と折り合いが悪く、よく私を連れて街へ繰り出していました。ベンとばったり遭遇したルドは、当時彼にとっての禁句を言われてカッとなって彼らと大乱闘を起こしたのです。結果はルドの辛勝。それからというもの同じような衝突を何回か繰り返して……まぁ、ありがちなことですが、お互いを認めて友人同士ってやつになったわけです。そしてルドは知っての通り面倒見のいい性格なので、彼らの境遇を放っておけなくなり、彼らがこの先まともに生きていけるように教育を施したのです。普通彼らのように身元が不明で学のない者は臨時の肉体労働につくしかありません。そんな先の見えない不安定な仕事では結局また犯罪行為に手を染めかねない。けれど学があれば外国人でも幅広い職に就くことができる。そう考えたのです。そうして生きていくのに必要なことを教えたルドは今度は彼らの職の斡旋《あっせん》まで始めました。実は君のお父上——ベイントン社長と出会ったのはその頃です。ルドはベイントン商会に乗り込んで絶対に将来商会の役に立つから彼らを雇うように社長に直談判したんですよ」

「まぁ！」

リンゼイは口をあんぐり開ける。ジェイラントは小さく笑った。

「今でもよく社長がそれを承知してくれたと思いますよ。でもルドを気に入ったのか、社長は約束を守り彼らを雇い入れてくれました。だからベンにとって社長とルドは両方とも恩人なんです。彼だけじゃない、当時の仲間はみんなルドに感謝していると思います」

けれどそう言いつつ、彼らのために奔走したのはレナルドだけではないだろう。ジェイラントもまた同じようにしたはずだ。

「レナルドさんの当時の禁句って何なんですか？」

アデリシアがジェイラントの腕の中で尋ねた。ジェイラントは苦笑して答える。

「『女みたいな顔』です。当時、彼は自分のあの女性的な顔が大嫌いでしたから」

リンゼイとアデリシアは目を見開いた。今ではあの顔を利用しているようなのに？　けれど確かにクラウザー邸で母親の肖像画を前にレナルドは言っていた。母親そっくりのこの顔が嫌いだった、と。

「ルドにとってあの顔は劣等感の元なのですよ。幼い頃から女の子と間違われ、顔のことのことでからかう連中と毎日のように喧嘩が絶えなかったのです」

「あのレナルドさんが？」

「ええ。ですからルドは強いんですよ。幼い頃から場数だけは踏んでいましたから。けれど殴ってぶちのめしてハイ終わりというわけにはいきません。相手が貴族なら尚更です。その都度ルドの母親は先方に頭を下げに行っていました。またそのことで父親とも言い合いが絶えなかった。それで家に居たくなくて私を連れて街に繰り出していたわけです」

ジェイラントは次にリンゼイに……彼女だけに向けて言った。

「ルドは母親に複雑な思いを抱いていました。もちろん親として愛情はありましたけど、そっくりな顔をもつ母親にその顔で嫌な思いばかりしている彼が素直に接するのは難しかったようです。特にまだ十代の多感な頃はね。もっと大人に……今くらいになれば分別もついていたから違っていたのでしょうけど。けれど、彼女には私たちが大人になるまでの時間は与えられなかった。ちょうどベンたちの就職を斡旋している頃、流行病であっという間に幼い娘たちとルドを残して逝ってしまったのです。そして……その彼女の死がルドを変えたのです」

やっぱりあの肖像画の美しい人がレイチェル曰く「尖ったナイフ」のようだったレナルドを今の彼に変えたのだ。女言葉でオシャレで面倒見の良い「お兄さん」の彼に。

「彼は母親が亡くなったのは自分のことが原因であると考えました。流行病ですからそんなことはないのですが、亡くなる前もルドのことで神経をすり減らし、療養中だったのは確かです。そのことはルドに負い目を与えるのに十分でした。彼は母親の死に際に託された妹たちのために、今までの自分を封印し、別の自分を作る必要があると考えて実行した」

「それが、あの派手な服装と言葉遣い……？」

「ええ。あれは妹たちのためと彼自身の戒めになる一石二鳥の方法だったんです。ルドに言わせるとあの姿で女みたいな顔と言われてもまったく腹が立たないそうですよ」

それは当然だ。自らその顔立ちを利用してあの違和感のない言葉遣いと派手な服装をしているのだから。

「それどころか、あの口調で相手をやり込める方が叩きのめすより効果的だそうで、半年も経たないうちにルドにちょっかい出すような相手は激減しました。それに何より、あの姿と言葉遣いになってから自分の容姿に対して気持ちが変わってきたことが大きいでしょうね。ようやく自分の姿を肯定できるようになったのです。それはルドに余裕と成熟した思考を与えました。おかげで昔とはまるで別人のように丸くなりましたよ」

それからジェイラントはリンゼイに微笑んだ。

「けれど、どんなに言葉遣いを変えようが服装を変えようが、ルドの本質は変わらない。面倒見がよくて義理堅く、人の上に立つに相応しい男です。どんな姿をしていても、ルドはルド。リンゼイ、貴女もきっとそのことに気づいているはず」

リンゼイは頷いた。庶民と貴族の間に挟まれ、ベイントンの名前に翻弄された彼女だからこそそれが分かる。

「だからこそ私はルドに相応しい相手として貴女を選んだんですよ。……ルドをよろしくお願いします、リンゼイ」

「……はい」

リンゼイは真剣な眼差しでジェイラントに頷いた。それからレナルドのいる倉庫の方に視線を向けて、彼が無事にあそこから出てくるのを待った。

＊＊＊

レナルドはリンゼイたちの姿が扉の向こうに消えると、すぐさま貼りつけた笑顔をスッと消すと、手下を押しのけて立ち上がった窃盗団のボスに迫った。今までは相手が仕掛けてきたものを避けつつの反撃だったが、今度は彼の方から打って出たのだ。

サッと間合いを詰めると、男に身構える隙を与えずその腹に拳を叩き込む。「うっ」と呻いて前かがみになった男の顔を膝で蹴り上げると、今度はたまらずのけ反ったその顔に拳を叩きつけた。反撃する間もないほど素早い、畳み掛けるような攻撃だった。

男が床に背中から倒れ込んでいく。勝負はそこでついているようなものだったが、レナルドは容赦しなかった。男に近づき、その股間を踏みつけながらまるで断罪するかのように言う。

「お前、リンゼイにその汚い手で触れたよな?」

顔を血だらけにした男はくぐもったうめき声を上げる。

「俺の女に触れてただで済むと思うな。二度と女に触れられない身体にしてやろうか」

レナルドの靴の先に更に力が籠り、男が大きなうめき声を漏らす。ミリッと嫌な音がした。絶叫が響き渡る。けれど、レナルドは不意に男から足を上げると同時に鋭く告げた。

「逃げるな」

その言葉にびくんと反応したのは、大男が沈められ形勢不利と見て事務所につながる扉の方に逃げ出そうとしていたアリスだった。レナルドは淡々とした表情のままアリスの方に足を向ける。その足下では大男が白目をむいて気を失っていた。

自分に近づいてくるレナルドにアリスは怯えた。街中でリンゼイといた時に見た彼はただの優男に見えた。美しい造形だが線は細く、頭はよさそうだがそれだけだと思っていた。だが、今近づいてくる男はまるで優美で獰猛な豹のようだ。美しさに見とれているとあっという間にその鋭い爪で刈り取られてしまう。

「わ、わ、私は、そいつらに脅されて、それで仕方なく協力したの。無理やりやらされたのよ。私もジョスランと同じで利用されただけ……」

アリスは後ろに下がりながら何とか逃れる方法はないかと口を開く。けれど、レナルドがその戯言に耳を貸す様子はない。どんどん距離を縮めてくる。破れかぶれになったアリスはキッとレナルドを睨みつけた。

「あの子だって！　あの子だって同じ目に遭えば私と同じようにしたはずよ！　なんで私だけこんな目に遭うんだと、同じ境遇なのに幸せに暮らしている人を妬んで恨んだはず！」

けれどレナルドは表情も変えずアリスの目の前まで来ると、その手を伸ばし彼女の首に手をかけ、力を込めた。その瞬間、彼女は自分が見誤ったことを悟った。

「ふ、ぐっ」

アリスは苦しさと恐怖に喘ぐ。

「あんたの境遇は確かに同情に値するだろうさ」

レナルドがアリスの首にかける指に力を込めながら言った。

「だがそれだけだ。他人を同じように不幸な目に遭わせる理由にはならねぇよ。それにあんたは今、リンゼイが同じような目に遭えば、あんたと同じように他人を妬むだろうと言ったが、それは違う。あの子はあんたのようにはならない」

「……ん、ぁ……」

「友達を逃がすため、自分の身を犠牲にしようとするような子だ。何があっても昂然と顔を上げて前を進んでいくだろう。だがあんたはそれができたか？　極限でも他人を気遣うことが。……いや、あんたには無理だったろうさ。あんたの両親がその極限であんたを男たちに売り渡したように」

「……ふぁ……」

アリスの薄れかけた意識の中にその時のことが浮かぶ。事業に失敗した父を気遣うことなく罵り責めて、わが身のことだけを考えていた自分を。だが、その記憶もどんどん苦しみの中で霞がかっていく。

「暗闇の中でもう一度そのことを考え直すんだな」

その声を聞きながらアリスは目を閉じ、真っ暗闇の中に落ちていった。


倉庫の扉が開いてベンが入ってきた。そして中の惨状を見渡して「あーあ」とため息をつくと、床の上に横たわったアリスの傍らに立っていたレナルドの近くに来る。

「殺《や》っちまったのか？」

レナルドは首を振った。

「いや、その一歩手前で止めた。殺してやりたいのはやまやまだが、それはリンゼイが望まないだろう」

レナルドは気絶しているアリスを冷ややかに見下ろしながら言った。

「だが、二度と表には出さない。この女は自由になれば必ずまたリンゼイとベイントン家を狙うだろう。そうさせるくらいなら外に出た瞬間、俺がこの手で殺す」

「……相変わらず敵と見なしたら、女でも容赦ないよな。お前は」

仲間と共に半殺しの目に遭わされた過去を思い出しながらベンは呟く。おそらく彼はそうなったら今度は本当に躊躇いもしないでアリスを殺すだろう。味方であったらこれほど頼もしい相手はいないが、敵に回ったら一転、これほど恐ろしい男もいない。それはリンゼイもアデリシアもおそらく永遠に知ることはない、レナルドのもう一つの顔だ。

ベンは再びため息をついた。

「心配しなくても、おそらくこの事件を表に出さないために、こいつらが解放されることはないだろうさ。ああ、そういえばベイントン商会に残っていたランダルからつい今しがた連絡が来た。アリスの残していった大量の書類の中から盗品を運ぶのに使われた特別御用品の資料がわんさか出てきたそうだ。証拠隠滅してなかったんだな」

「ジョスランとベイントン商会の不正の証拠にするためにな。どこまでも食えない女だ」

もう一度冷ややかな目でアリスを一瞥したレナルドは、けれどふっと肩の力を抜く。

「だがこれですべて終わりだ。アリスと窃盗団については宰相殿に任せよう」

ようやくレナルドの顔に小さな笑みが浮かんだ。

「これでリンゼイに集中できる」

＊＊＊

倉庫に隣接する事務所からレナルドが姿を現した。

「レナルドさん！　……え、ちょっと!?」

思わず駆け寄ったリンゼイだが、レナルドはその彼女をいきなり肩に担ぎ上げた。

「いきなり何を。ちょっと下ろして下さい！」

けれどその言葉を無視してレナルドはジェイラントに言った。

「俺たちはリンゼイたちを運んできたあの馬車で先に帰る。あとのことは頼んでいいか？」

ジェイラントはアデリシアの肩に手を回したままにっこりと笑った。

「ええ。ついでにベイントン邸にリンゼイの無事と今夜はクラウザー邸に泊まる旨を伝えておきましょう」

「頼む」

レナルドはそう言うと、リンゼイを肩に担いだまま事務所の入り口に留め置かれていた簡易の馬車の方に足を向ける。

「リンゼイ、またね～！」

アデリシアの明るい声が二人を見送った。

「ちょっと、レナルドさん、待って、アリスたちはどうなって……」

リンゼイはレナルドの肩の上で降りようともがいていたが、次のレナルドの言葉に大人しくなった。

「お仕置きの時間だ、リンゼイ。言うことを聞かない子がどうなるかその身に教えてやる」

「お仕置き……」

それが何を指し示しているのか分からないほど子供ではない。リンゼイの喉が急にカラカラになった。レナルドはそんな彼女に嫣然とした笑みを向ける。

「それに覚えているだろう？　すべてが終わったらもう遠慮はしないと」

ドキンと心臓が跳ね上がった。レナルドの笑みがますます深くなる。

「覚悟しておけ、リンゼイ。手加減はしない」

前にも言われたその言葉に、リンゼイの子宮がずきんと疼いた。

7　新たな約束

「……あ、んぅ、んん……」

シーツに艶やかな黒髪が広がっている。リンゼイはクラウザー邸のレナルドの部屋にある大きな天蓋付きのベッドの上で全裸で横たわり、次から次へと襲ってくる悦楽にシーツを握り締めて耐えていた。けれど、シーツを掻くその手も足の指先も、すでに力や感覚がなくなっている。

「……あ、ん、も、もう……許し……んぅ……」

「何を許してだって、リンゼイ？」

リンゼイの尖った胸の先端に歯を立てながらレナルドが笑う。言葉を発するたびにぷっくり膨らみ敏感になったそこに歯があたり、そのたびにお腹の奥がきゅっと疼く。

「ふっ、ここもすごい締め付けだな」

「しゃ、しゃべ、ら、ないで……！」

蜜口にはすでに三本もの指が埋まり、胸を甚振《いたぶ》られるたびにリンゼイの胎内がキュキュと収縮して食い締める。けれどその締め付けすら楽しんでいるようで、レナルドの長い指が容赦なく中を探っている。下半身からはずっとぐちゅぐちゅという、聞くに堪えない水音が響いていた。

もう、こうしてどのくらいの時間が経ったのか。すでにリンゼイには時間の感覚がない。

レナルドと共に馬車でクラウザー邸にたどり着いたあと、彼は馬車からリンゼイを降ろしたとたんに、再び荷物のように肩に彼女を担ぎ上げるとそのまま屋敷に入っていった。使用人が出迎える中をだ。おそらく彼らは自分たちの主人が何を目的に彼女を担ぎ上げているのか分かっていただろうが、そんなことはおくびにも出さず、階段と廊下を進むレナルドたちをいつもと変わらない姿で平然と見送った。けれど、レナルドたちを見つめるその目が妙に生温かかったのをリンゼイは見逃さなかった。穴があったら入りたいくらいだ！

けれど、レナルドは寝室にリンゼイを連れ込み、服を剥ぎ取るまでは性急だったが、それ以降は妙に緩慢で、リンゼイに触れ官能をかき立てようとする手に焦りはなかった。じれったいほどに優しくそして淫らだった。

「……ふぁ……！」

胸の先端を強く吸われて声が漏れる。長い指が感じる場所を執拗にすり上げる。それだけでもビクンと反応せずにはいられないのに、蜜口のほんの少し上にある、すっかり充血して立ち上がっている蕾までもが親指で引っかくように甚振られてはたまらない。目の前がチカチカして白い怒涛のような波に押し流されていく。

「……や、あ、ああっ、またっ……！」

リンゼイは甘い悲鳴を上げ、頤《おとがい》をのけ反らせながら何度目かの絶頂に達した。ぎゅうっと痛いくらいに蠕動《ぜんどう》する襞の感触を指で楽しみながらレナルドはふっと笑う。そんな彼もすでに服を脱ぎ、細身なのに適度に筋肉のついた男らしい裸体を晒していた。

美しさと力強さを兼ね備えたその肉体にリンゼイはゾクゾクとした。だが、それも初めだけで、今はそのレナルドに翻弄されて何も考えられない。ただ、引きずり出される快楽に嬌声を響かせるだけだった。

「ふぁ……！」

絶頂に達し、荒い息を吐くリンゼイの胎内からレナルドは指を引き抜く。

その感触にも声が漏れてしまう。敏感になった身体に容赦なく悦楽を与えられて、汗一つ流れるだけでぞくぞくと感じてしまうようになっていた。そこにリンゼイの身体を知り尽くした手が触れるのだ。快感に狂わされ、もう何度達したことだろう。リンゼイは数えるのをとうにやめていた。朦朧として覚えていられないのだ。分かるのは、だんだん達する間隔が短くなっていることだけ。

「も、やぁ……お願い、レナルドさ……お願い……！」

涙を流し、うわ言のように哀願する。リンゼイにレナルドとの間に起きた以上の経験はないが、それでも知識としてこの先に何があるか知っていた。今のリンゼイは純潔を失うという未知なることへの恐怖以上に、もう解放して欲しい、この先に待っているはずの充足を与えて欲しいと願う心が勝っていた。

だが、レナルドはリンゼイの願いをかなえることはなく、彼女の身体をひっくり返した。うつぶせの状態でお尻だけ彼の方に高く突き出させられ、リンゼイは取らされた姿勢の淫らさに狼狽える。これではまるで獣のようだ。

「あ、いや……！」

せめて上半身を起こそうと手を突っ張らせても、腕に力が入らずへたってしまう。シーツに顔を擦りつけたままリンゼイはなすすべもなくレナルドに震える下半身を差し出すしかなかった。

「み、見ないでぇ！」

「なんで？　とても綺麗だ」

「いやぁ！」

恥ずかしい部分をすべて見られているかと思うと、それだけでリンゼイは泣きたくなる。蜜を垂れ流し、ヒクついている秘裂も、赤く膨らんだ花弁も、その蜜で濡れた茂みも、すっかり立ち上がってふるふる震える蕾も、そしてレナルドの手に包まれた双丘の間でひっそりと息づく後ろの蕾も。何もかもレナルドの目に晒されていた。けれど恥ずかしいのになぜかじわりと奥から蜜が染み出してきて、内股を汚していくのだ。それすらも見られているリと思うと、リンゼイは自分の淫らさに更に泣きたくなった。

「あんたってやっぱり敏感だな」

レナルドはクスリと笑うと、そこに屈みこんだ。リンゼイは大事な部分にふっと息を感じてまさかと思う。けれどその一瞬あと、ねっとりと蜜口を舐められ、蜜を舌で掬われ、目の前が真っ暗になった。

「や、やめっ、あ、ああ、ああん！」

口から悲鳴とも嬌声ともつかない声が上がった。前に馬車の中で唇で愛された時も恥ずかしかったが、今回はそれ以上だ。まるで自分がレナルドに捧げられた生贄にでもなったかのようで、前にもまして無防備な気がしてしまう。何をやっているのかが見えない状態で、快感だけを与えられ、高く上げた下肢がぶるぶる震えた。生温かいざらざらした舌が蜜口をからかうように突き、時に尖らせて中に挿し入れられる。入り口近くの壁を擦られ奥から蜜がトロトロと染み出していく。それを口で音を立てて吸われ、快感と羞恥の狭間でリンゼイは声を上げた。また再び白い波がすぐそこまでやってきていた。

「あ、んんっ、や、またっ、ん、ん、あああぁ……！」

そして、リンゼイはお尻を高く上げたまま、またしても絶頂に達した。次の瞬間、奥からどっと蜜が染み出して、まさにレナルドの顔が埋まっている部分に溢れ出る。レナルドの舌がそれを舐めとり、音を立てて飲み干していく。

「……あ、あ、やぁぁ……」

やがて絶頂の波からなかなか戻ってこられず内股をひくんひくんと震わせているリンゼイのそこから顔を上げると、レナルドは唇についた残滓《ざんし》をペロリと舐めとりながら呟いた。

「そろそろ、いいな」

彼は荒い息を吐き、放心しているリンゼイを再び仰向けにすると、その膝を左右に開いてその間に自分の身を落ち着かせた。

「リンゼイ、見ろ」

その声にリンゼイは涙に曇った目をのろのろと上げた。そこに映ったのはうっすらと汗ばみ、ゾクッとするほど艶めいた目でリンゼイを見下ろすレナルドだった。

「レッスンだ、リンゼイ。これが男と女が契るってことだ」

「契る……」

「目を閉じるな。俺のものになる瞬間を、よくその目で見ておくんだ」

こくんとリンゼイが反射的に頷くと、レナルドは「いい子だ」と淫猥に笑う。リンゼイはぞくぞくとした。腰が痺れ、また奥から蜜が零れてくる。

レナルドはリンゼイの足を抱え、その蜜をたっぷりとたたえて待ちわびるようにひくつくそこに己の剛直の切っ先を擦りつけた。何度か往復し蜜をたっぷりまぶしたあと、赤く充血した入り口に押し当てる。

「行くぞ」

声と共にぐっと腰が進められた。

「……んっ……」

リンゼイはそこにあてられた指より太くもっと熱いものが何であるのか気づいていたが、ぼうっとしていたことと、何度もイかされ純潔を失うことへの恐怖が薄れていたこと、それに欲望を露わにしたレナルドの艶麗さに見とれていたせいで何の気負いもなく受け入れた。おそらくそれがよかったのだろう。圧迫感があるものの、蜜をたたえ柔らかく解かれたそこはぬぷっと音を立てて、驚くほど簡単に先端の太い部分を受け入れていった。

「あ、くぅ、ふ……んんっ」

食いしばった歯の間から声が漏れる。痛みこそはなかったが衝撃は少なくなかった。押し広げられる感触に、背中をゾワゾワという震えが走る。けれどリンゼイは自分の胎内が男の剛直を受け入れていくのを感じながらレナルドに言われた通り、目を閉じることもなく、ただひたすら目の前のレナルドを見つめ続けた。

「っ、その目、ヤバイ」

レナルドは苦笑しながらも更に猛り立たせ質量を増したその剛直を、歯を食いしばるリンゼイの熱く締め付けてくる中に慎重に押し込んでいく。何度も絶頂に達するほど解されたことがよかったのか、ぬかるむそこは苦もなくエラの張った部分を飲み込んでいく。

けれど、平気でいられたのはそこまでだった。リンゼイの純潔の証であるその狭い部分にさしかかったとたん、リンゼイは鋭い痛みに襲われた。そしてそれはあっという間に激痛に変わる。

「……痛っ……」

リンゼイは痛みに喘ぐ。その言葉を聞いたとたんに、レナルドは動きを止め、リンゼイの頬に触れた。

「痛いか、リンゼイ?」

リンゼイはその言葉に頷いてから慌てて首を横に振った。リンゼイの痛みに遠慮したレナルドがここでやめてしまうのではと思ったのだ。あの宿屋で彼はリンゼイの涙を見て彼女を放した。そのことにあの時はリンゼイへの気遣いを感じ取れて嬉しかったが今は違う。今は、気遣ってやめて欲しくなどなかった。

リンゼイは必死に手を伸ばし、レナルドの肩に縋った。今日彼女は危うく別の男に奪われるところだった。あの時、絶望の涙の中でレナルドに捧げておけばよかったと後悔した。その彼にこうして抱かれているのだ。こんな痛みなどいくらでも我慢できる。してみせる。

「こんなの平気、だから、やめないで。このまま私を奪って、あなたのものに、してっ」

痛みに喘ぎながらリンゼイは懇願する。レナルドは彼女の頭の両脇に手を置き、身を支えながら少し苦しそうな顔で笑った。

「リンゼイ、あんたは、どこまで俺を夢中にさせるつもりなんだ」

それからふと真顔になり、リンゼイの唇に触れるくらいのキスを落とす。

「心配しなくても、今日はやめるつもりはないし、今更やめられない。……リンゼイ悪い、少しの間我慢してくれ」

そう言うと、レナルドは一気に腰を進める。

「あ、あ、ああっ！」

何かが引きちぎれるような衝撃と共に更に激痛が襲った。狭い膣道を猛った剛直が容赦なく押し開いていく。リンゼイの胎内は異物を押し出そうと狂ったように蠢くが、レナルドの動きは止まらず、容赦なくねじ込んでいく。

「……ふ、ぅ……」

目の前が涙で曇った。けれどリンゼイはレナルドを押し戻そうとはせず、肩に取りすがってぎちぎちと押し広げられる痛みに耐えた。やがて長いような短いような時間がすぎ、レナルドが動きを止めた。リンゼイは脚の付け根にレナルドの腰が当たるのを感じ、自分が完全に彼を受け入れたことを知った。

「リンゼイ、これであんたは完全に俺のものだ」

のしかかられるように抱きしめられ、ぴったりと身体が重なり合う。その重みが嬉しい。自分の中で熱く脈打つものが愛おしい。

「レナルドさん……好き……」

もっと近くに寄りたくて、脚を持ち上げレナルドの腰に絡めながら呟く。

「だからどうしてこっちが動くのを我慢している時にそういうことを……」

苦笑いを浮かべた唇が落ちてくる。リンゼイは目を閉じてその深くなるキスを受け止めた。舌が絡み合い、吐息と唾液が咥内で混ざり合う。

「……ん、ふ……」

やがてくちゅっと水音を立てて口を離すと、レナルドは繋がったまま上半身を起こした。そのせいで胎内の剛直の角度が変わり、リンゼイは壁を掠めるその感触に息を呑む。蜜がどっと溢れ出し、再び狭い道を潤していく。不思議なことに、身体がレナルドを受け入れるのに慣れてくるにつれてどんどん痛みも薄れていった。痛みにこわばっていた身体からふっと力が抜ける。それを感じたのか、レナルドの唇が弧を描いた。

「そろそろ始めるぞ」

その言葉と同時にゆっくりレナルドの腰が抽挿を開始した。


「や、あ、あ、あ、あンっ、んん」

リンゼイの口からひっきりなしに嬌声が漏れる。その声にはすでに苦痛の色はなかった。こすれ合う粘膜が得も言われぬ快感を生み出す。奥からどっと溢れ出した蜜が、レナルドの剛直に掻きだされてシーツを汚す。繋がり合ったところからぐじゅんぐじゅんという粘着質な水音が響き、肌と肌がぶつかる音と共に寝室に響いた。

「や、ああ……！　そこ、だめ、なのにっ！」

奥の、妙に感じるところを執拗に穿たれてリンゼイは悲鳴を上げながら腰を波立たせる。そこを突かれると腰が無意識に跳ね上がってしまうのだ。逃げようにもレナルドに組み敷かれた身体は思い通りにならず、彼の与える快楽を受け入れるしかなかった。

「ここはダメとは言ってないぞ」

レナルドは奥に穿ったまま、腰を回した。

「ひっ、や、あぁぁ、んぁ！」

壁を擦られ中をかき混ぜられ、腰が浮き上がる。そのせいで更に深く奥を抉られ、悲鳴が喉をつく。けれど、それは悲鳴ではなく甘ったるい声にしかならなかった。

「やっぱ、あんたのここ、敏感だな」

「……んぅ、あ、あ、やぁ……」

ふと動きを止め、繋がったところを指で触れながらレナルドが笑う。その彼は顔にうっすらと汗を張りつかせ、ぞくっとするほど艶麗だった。

「普通、初めてで中で感じることはないんだが、レッスンをした甲斐があったようだな。柔らかく解けて、でも熱くきつく締め付けて……あんたの中すごくいい。自分でも分かるだろう」

「はぅ……！」

大きく奥をかき回され、首がのけ反った。中から響く水音がいっそう高くなる。

彼の言う通りだった。自分の中が熱く蠢いてレナルドの肉茎に絡みついているのが分かる。もっともっとと言うかのように締め付けて奥へと引き込もうとしている。

「すごく気持ちよさそうに呑み込んでる。もう痛みはないな？」

「……ん……はぁ、は、い……！」

再び腰を使い始めたレナルドに揺さぶられながら、リンゼイは朦朧と頷いた。痛みはすでになく、奥深く受け入れている場所からは快感しか湧き上がってこない。それも初めてにはすぎた愉悦で、リンゼイはその感覚に翻弄されもう何が何だか分からなくなっていた。ただただ、喘ぎ、受け入れ、揺さぶられ、嬌声を上げてはレナルドを熱く締め付ける。

「ああっ、はぁ、ん、んんっ……」

絡みつく肉壁を擦られながら引き抜かれた。次にずんっと勢いよく奥を穿たれ、痺れるような快感がシーツを摑む指先にまで広がる。それが突く場所を微妙に変えながら何度も繰り返された。

「リンゼイ、見ろ」

レナルドはリンゼイの顔の脇に手を置き、大きく強く揺さぶりながら荒い息の中言った。有無を言わさない口調に、リンゼイは目を開け、生理的な涙で滲んだ目でレナルドを見上げる。間近でレナルドの菫色の瞳が熱を帯びてリンゼイを見下ろしていた。

「この、目だ。この目に射貫かれた」

「……あ、はぁ、んん、レナルド、さん」

「最初会った時、あんた俺を、この目で挑む様に見た」

「あぅ、んぁ、ほ、本屋……で、会った、時?」

「ああ、そうだ。あんたが俺を睨んだあの時、俺は決めた。あんたを絶対手に入れると。ベイントン家なんて最初から関係ない」

「……レナルド、さん……」

「あんたは俺のものだ。最初から」

「あ、ああ、んぁ！」

ずんっと奥を穿たれ、甘い悲鳴が上がる。私も、と言うつもりだった。最初のあの時から自分も惹かれていたと。けれど、頭からつま先まで駆け抜けるゾクゾクとした快感に言葉は声にならなかった。だから身体で応えた。レナルドの汗ばんだ背中に手を回し、力の入らない脚を腰に巻きつけてぎゅっと引き寄せる。リンゼイの胎内でレナルドの剛直がいっそう膨らんだ気がした。

力強く突き上げられながらリンゼイは一時は痛みで遠ざかっていた絶頂の波が再び押し寄せようとしているのを感じた。

「あ、あっ、また……イク……！」

「……俺も……っ」

終わりが近いのか、リンゼイの中で一際かさの増したレナルドの剛直が跳ねる。その先端に大きく奥を抉《えぐ》られて頭がのけ反った。子宮口にまで達したその衝撃に、リンゼイは一気に絶頂に達する。

「あ、あ、ああああ！」

白い波にさらわれ、押し上げられ、甘い悲鳴が喉を突いた。リンゼイの蜜壷が狂ったように蠢き、レナルドの剛直に絡みつき、射精を促すように扱き上げる。

「くっ……！」

レナルドは歯を食いしばり、その熱く締め付けてくるリンゼイの胎内を一際強く穿つと、快感に下がり開いた子宮に向かって欲望を吐き出した。

「あ、ああ、ああ、んん、んぁ！」

奥に広がる熱にリンゼイは陶然となった。ゾクゾクとした愉悦を覚え、力の入らない手で更にレナルドを抱きしめる。そこにレナルドの唇が落ちてくる。

「……んぅ、んんっ、んんっ」

舌を絡め合い、すべての欲望を出し切るようになおも突いてくるレナルドと共に身体を揺らしながら、リンゼイは愛する男に捧げられた喜びに浸った。

やがて熱狂の時は過ぎ去り、レナルドがリンゼイの上から身体をどけた。彼女に重みがかからないようにするためだが、リンゼイは離れてしまった熱い肌に一抹の寂しさを感じる。けれど、レナルドは繋がった部分はそのままで、横にずれたのち、再び彼女を自分の上に抱き寄せ、頭のてっぺんにキスをしてややかすれた声で言った。

「本当は、あのパーティの夜、あんたに言おうと思っていた。この仮の婚約を本当の婚約にしないかと」

「え？」

身体の下に感じる熱い肌の感触に酔いしれていたリンゼイはその言葉にハッと顔を上げ

た。そういえば、と思い出す。あのパーティの最中、確かに彼は何かを言いかけて、全部終わってからにすると言っていた。もしかしてあの時に……？

「だけど言えないまま、あんたにランダルとの話を聞かれてあんなことになった。全部終わってからなんて悠長なことを言わずにあの時に告げておけば、あんたを利用しようとしただけじゃないという証明になったっていうのにな。我ながらあんたのことでは驚くほど迷走しているよ」

　レナルドは苦笑したあと、頭を持ち上げてリンゼイの唇に触れるだけのキスをした。

「でもこれで言える。あんたが好きだよ。愛してる。あんたの名づけ親に嫉妬するくらいに溺れている」

「レナルドさん……」

　リンゼイの目に涙が浮かんだ。レナルドは不器用だとジェイラントは言った。その通りだとリンゼイも思う。言葉巧みにリンゼイを取引に引き込んでおきながら、肝心なところで彼女の気持ちを見誤った。彼なりの、リンゼイを守ろうという考えだったのかもしれないが……確かに彼はある部分とても不器用だ。けれど、そんなレナルドをリンゼイは愛おしいと思う。

「私も好き……愛しています。秘密の取引をしたあの時――ううん、きっと最初から」

「リンゼイ……」

　目を閉じてキスを交わす。取引の調印も確かキスだったと思いながらリンゼイは口を開いてレナルドの熱い舌を受け入れた。

しばらくしてから離れた時、二人の息は少し上がっていた。気のせいか繋がっている場所でレナルドの質量が増しているような……？

レナルドがリンゼイの背中を撫でながら言った。

「じゃあ、リンゼイ、いつ結婚する？　婚約はすでにしたようなものだから、あとは正式にするだけだし、アタシもあんたも豪華な式は望んでいないから、準備にそれほど時間はかからないわよね？」

すっかり女言葉に戻っている。内心それが嬉しいような寂しいような気持ちになりながら、リンゼイは慌てた。

「ちょ、ちょっと、待って下さい。いきなり結婚とは話が早すぎます！」

まだ思いが通じ合ったばかりなのだ。婚約を通り越して結婚なんて話が飛躍しすぎている。けれど……。

「何よ、アンタ、結婚も考えていない相手とこんなことをしたってわけ？」

レナルドはムッと口を尖らせると、手を滑らせ、リンゼイの形のよい裸の双丘をぐっと掴むと軽く突き上げた。

「ああっ！　や、そうじゃ、なくて！　……あ、ちょ、ちょっと……！」

リンゼイの口から甘い抗議の声が上がる。リンゼイの中でレナルドは質量を取り戻していた。中を擦られリンゼイの身体の芯に収まったはずの火が点っていく。どっと蜜が奥か

ら染み出してきた。

「や、やあ、ン！　ダメ、レナルドさ……」

突き上げられ揺さぶられながらリンゼイが嬌声を上げる。そんな彼女を嫣然と笑って見上げながらレナルドは言った。

「アンタを説得しなくちゃね。まずは身体で。……リンゼイ、夜は長いわよ、覚悟しなさい」

——その言葉どおり、レナルドの寝室からは長い間、リンゼイの嬌声が響いていた。

＊＊＊

「レナルドさん！　レイチェルから聞きましたよ！　よくも騙しましたね！」

リンゼイはクラウザー邸に帰宅して、外出着から着替えもしないでそのままレナルドの書斎に直行した。ノックもせずに扉を開け放つと、書斎の机について本を読んでいたレナルドのもとへ足音も荒く突進していく。

今日彼女は、すでに結婚してこの屋敷を離れていた義妹のレイチェルのところへ遊びに行っていた。だがそこで聞かされたことに仰天し、真相をつきとめるため早々に帰ってきたのだった。

「あの取引の時に言ったこと、全部嘘——」

だがそこまで言った時、本から顔を上げたレナルドがリンゼイの言葉を遮って不機嫌そうに言った。

「アタシも聞きたいわ。この、あんたの新作について」

そう言って手に持っていた本を机の上にやや乱暴に放り投げる。そのどこかで見た覚えのある表紙にリンゼイはアッと声を上げ、首を竦めた。その本にはこう記してあった。

――『秘密の取引』ゴードン・リュー著
そう、リンゼイのつい先日発行されたばかりの新作だ。

「あんたさ、アタシから教わったことを活かして、しかもアタシをモデルにした人物を主人公にしたとか言ってなかった？　なのに、どうしてこの主人公は女装なんてしてるわけ？」

レナルドはリンゼイに胡乱《うろん》な眼差しを向けた。

「え、ええっと、それは……」

リンゼイの新作の主人公は伯爵家の跡取りでありながら、探偵を営んでいる美貌の男性だ。ひょんなことから知り合い、とある取引により彼の助手になったミス・アーミテージと恋のさや当てをしながら、舞い込んできた事件を解決するという話で、その中で主人公レイウッドは調査のために女装をし、美貌の貴婦人となって情報収集したり、時には敵の下っ端を籠絡《ろうらく》したりするのだ。ヒロインのミス・アーミテージはそんな彼に呆れつつ、どんどん惹かれていき、最後には彼と結ばれるところで話は終わる。

今まではより恋愛要素がかなり強いし、レイウッドという異色のヒーローのおかげでキャラクターを前面に押し出した話になっているが、要するに今までのゴードン・リューの作風——冒険活劇の形とほとんど変わらなかった。

「その……」

もちろんリンゼイだって最初は出版社の依頼どおりに恋愛をメインにした話を書こうと思ったのだ。けれど、レナルドを見ていてどうしてもレイウッドというヒーローを書きたくなってしまい、プロットを提示して出版社に相談した。そのプロットを読んだ編集者が話とキャラを気に入ってくれて、こっちを先に出版しようということになったのだ。けれどもレナルドには女装する主人公だとは言えず、聞かれても適当にごまかし、出版社から見本が送られてきてもひたすら彼に隠し通したのだ。……まぁ、本が出版されればいずれにしろバレることなのだが。

「えっと、その、やっぱり恋愛をメインに書くには少し早すぎるかなと思いまして……」

「恋愛はともかくとして、アタシは女装なんてしたことは一度もないんだけど？　なんでこの主人公ドレス着ているわけ？」

どうやらレナルドが引っかかる点はそのことらしい。自分の女顔を気にしている彼は言葉遣いや服装はアレだが、女の格好をしたことは一度もない。母親そっくりになると分かりきっているからだ。その彼の母親の肖像画を元に女装したレイウッドの描写を書いたことはおそらく永遠に口にしてはいけない事柄だろう。

　リンゼイは話を女装から逸らすため、机に置かれた本を指さしながら尋ねた。

「と、ところでその本は一体どうやって手に入れたんですか？　まだこの国では出回っていないはず。ランダルが送ってきたのですか？」

　特別御用品の事件が終わったあと、渉外員として従来の仕事に戻ったランダルは、今、図書館の収蔵する本の購入のために外国を飛び回っている。だからゴードンの本をいち早く手に入れて送ってよこしたのかと思ったのだ。けれど、レナルドは首を横に振った。

「それは館長から面白半分に読んだ方がいいんじゃないかと贈られた本よ。あんた、彼には出版社からもらった見本を渡したんだってね？」

　じろりと睨まれてリンゼイはとっさに目を逸らした。

「だ、だって、名づけ親のおじ様ですもの。私が作家になれたのはおじ様のおかげだから、もらった見本は必ず彼にも贈ることにしているんです」

……そう、あの事件後に初めてお互い知ったことだったが、リンゼイの後見人の「おじ様」はレナルドの上司である王室図書館館長だったのだ。

　――リンゼイがアリスに拉致された次の日の午後、レナルドはリンゼイともども城に呼ばれた。

　朝もレナルドに挑まれ散々酷使された身体に鞭打って支度を調え登城したリンゼイは、彼に支えられてぎこちない足取りで城の廊下を進みながらも不安でいっぱいだった。国王も宰相も、与える影響を考えて今回の事件に関してベイントン商会への処罰はしないことで了承しているとレナルドは言っていたが、それはあくまで事件を速やかに密処理できた場合のこと。状況によっては反故《ほご》にされてもおかしくない。それに……。

リンゼイは彼女の腰に手を回し、隣を歩いているレナルドにちらっと視線を向けた。レナルドに対する責任問題ということもある。図書館の本が盗まれた。もちろん盗んだダニエルが全面的に悪いのだが、容易に盗まれてしまった図書館に対しても管理責任という問題が生じないだろうか。そうなると実質的に図書館を管理している副館長であるレナルドが責任を問われることに……。

リンゼイは口を引き結んだ。すべてはリンゼイを憎むアリスが引き起こしたこと。盗んだのはダニエルだが、アリスに窃盗団の仲間に引き入れられなければそんな罪は犯さなかったはずだ。レナルドと図書館は被害者にすぎない。それなのに彼はベイントン商会のために動いてくれた。そのレナルドに被害が及ぶことだけはどうしても避けなければ。そのために国王に無礼を承知で直談判することも辞さないつもりだった。けれど彼らを案内する侍従に、謁見の間ではなく執務室へ通すように言われていること、そこに同席するのが宰相とジェイラントだけだと知ってリンゼイは思わず安堵の吐息をついた。

「よかった。なら平気ね」

けれどその言葉を口にしたのはリンゼイだけでない。まったく同時に同じ言葉がレナルドの口からも発せられたのだ。

二人は「え？」と顔を見合わせる。お互い相手がどうして謁見する前なのにその言葉を言うのか不思議に思っていた。けれどそれを追及する暇はなかった。侍従が到着を告げたからだ。

二人が通された執務室はレナルドの屋敷のものより遥かに広く立派で豪華な部屋だった。けれどそれも当然だ。この国の頂点に立つ国王が日々の仕事をする部屋なのだから。その部屋の奥の壁の前には巨大な机が置かれ、そこには悠然とした様子で座した国王と、その近くに国王をずっと支えてきた宰相、それに宰相の補佐をするジェイラント・スタンレー侯爵が立っていた。

部屋を進み、机の前まで来るとリンゼイはドレスの裾をつまみ、淑女の礼を取った。その隣ではレナルドも礼をし、神妙な様子で口を開く。

「このたびは国王陛下におかれましては……」

だがその言葉を国王は手を振って退けた。

「堅苦しい挨拶は不要だ、レナルド。慣れない口上などいいから楽にしなさい。リンゼイもだ」

リンゼイはホッと安堵の息を吐き、顔を上げた。つまりこれは公的なものではなく私的な呼び出しだということだ。

賢王と名高い四十代半ばのルベリア国王は、顔を上げた彼女に親しみの籠った笑みを向けて言った。

「レナルドとはつい先日も会ったが、君と会うのは久しぶりだ、リンゼイ。手紙のやり取りはしていたが、実際に会うのは……半年振りかな？　元気そうで何よりだ」

リンゼイも親しみの籠った笑みを国王に向けた。

「はい。お久しぶりです。……おじ様」

「へ……？」

レナルドがポカーンとした。それを見て国王と宰相がクックッと笑う。国王の幼馴染みであり、リンゼイとの関係もよく知っている宰相はともかく、ジェイラントまでもが平然としているところを見ると、すでに聞き及んでいたのかもしれない。

——そう、実はリンゼイの名づけ親の「おじ様」はこの国の国王陛下その人だ。

昔まだ王子だった頃にお忍びで出かけた城下町でリンゼイの父親と出会い、それからずっと陰で交流が続いている。片方が王位についても、片方が大商人への道を歩んでも。一商人と国王の交友は大っぴらにはできないが、名づけ親になった国王はリンゼイをも自分の娘のように可愛がってくれ、陰で何かと支えてくれていた。

「びっくりだわよ」

その「おじ様」に妬いたこともあるレナルドは話を聞いて苦々しく笑った。

「だけど、どうりでわざわざ我が家に使者まで遣わせて釘を刺してきたわけだわ」

「釘を刺す？」

リンゼイが首を傾げると、レナルドはリンゼイを見下ろして眉を上げてみせた。

「この方はね、あんたとアタシが婚約のお芝居をすると知って忠告してきたのよ。その仮の婚約者という立場を利用してあんたに手を出すのはご法度だってね」

「当たり前だ。友人の娘をおいそれと傷物にされちゃ困るのでな」

国王が口を挟む。リンゼイはゆうべのことを思い出して顔を真っ赤に染めた。これは……約束を破って傷物にしたということだろうか？　だが幸いにも国王も宰相も赤くなったリンゼイにその理由を詮索することはなかった。

「ところで、ベイントン商会と窃盗団のことだが……」

しばらくしてから国王が笑顔を消して話し始め、レナルドとリンゼイは身を引き締めた。

「スタンレー侯爵から報告は受けている。二人ともゆうべは難儀だったな。だが、おかげで窃盗団を捕まえることができた。これで盗品の売買ルートも解明されるだろう。その功績により、ベイントン商会の不祥事を不問とすることとする。それが私と宰相の結論だ」

「あ、ありがとうございます！」

「ただし、条件がある」

不問に付すと言われ喜んだリンゼイだが、その国王の言葉にハッと笑みを消した。そんな彼女を見て国王はふっと口元に笑みを浮かべた。

「……君の父親を実務に戻らせ、弛《たる》んだ規律を自ら正すこと。これが条件だ。そもそも、貴族に叙爵した私に遠慮して引退などするのが間違いなんだ。正々堂々と商売すればいい。それが我が国の発展にも繋がるのだから」

それから国王はにやりと笑った。

「だいたい、私と宰相が毎日こんなに必死に働いているんだ。あいつだけ楽な引退生活などさせるものか。過労死しない程度に頑張って働けと伝えておきなさい」

「おじ様……！　ありがとうございます！」

リンゼイは涙を浮かべてその寛大な処置に感謝した。だが、その国王が今度はレナルドに向けて言った言葉にサッと青ざめる。

「さて、レナルド、お前のことだが……覚悟はできているだろうな？」

「ま、待ってください、おじ様！　図書館とレナルドさんは被害者なんです！　どうか彼にも寛大な処置をお願いします！」

彼を庇うように前に出てリンゼイは訴える。けれど、その当のレナルドから苦笑交じりに制された。

「リンゼイ、リンゼイ、大丈夫。陛下の言っているのはそのことじゃないから」

「そうとも。図書館の副館長としてのレナルドの責任を問うなら、更にその上司である私は自分に罰を下さなければならなくなるじゃないか」

国王もそう言って苦笑する。今度はぽかんと口を開けたのはリンゼイの方だった。

「……え？」

――つまりこういうことだった。レナルドの上司で王室図書館館長であるトルーマン伯爵とは国王陛下その人だったのだ。

国王は本は知識層の男性が読むものという時代遅れの風潮を失くしたいと考えていて、まずは王室図書館から女性でも気兼ねなく本を手に取れるような環境を作りたいと思っていた。それで同じような考えを持つレナルドに白羽の矢を立てたのだ。だが、まだ若い身で図書館の館長に就任させると反発もあるだろうし、口うるさく言う連中も出てくる。そこで国王が持っている爵位の一つである、トルーマン伯爵を名ばかりの館長の席につかせお飾りとし、レナルドを副館長に任命して彼が好きに動けるようにしたのだ。

「本当のことを知っているのはごくわずかな人間だけよ」

だから世間では館長の座に就いたものの仕事をしようとしないトルーマン伯爵に代わってレナルドが彼の分まで働いていると思われている。同情が集まって仕事をしやすいし、頭の固い連中にあれこれ言わせないようにする処置だった。

「さすがおじ様だわ」

リンゼイが感嘆して言うと、レナルドがなぜかムッとした。

「そういうわけでレナルドに言いたいのは、本が盗まれたことじゃないのだよ、リンゼイ」

国王はにっこり笑って言った。

「私が言いたいのは、君とのことだ。……約束を破ったなレナルド?」

目が全然笑っていない笑顔で問われ、レナルドは口の中でチッと舌打ちした。

「……リンゼイとのことなら、仮の婚約者としての関係は解消されてるの。だからその立場を利用してっていうのとは違うわ」

「だが正式に婚約する前に手を出した、そうだな？」

リンゼイは顔を赤く染めた。二人が言っているのはまさしくゆうべ二人に起きたことで、リンゼイが純潔を失ったことについてなのだ。

「すぐにでも婚約は本物になるわ。だから問題は何もないはずよ」

だが国王はその言葉をふんと鼻で笑って一蹴した。

「そう簡単にいくと思うな。君は私の信頼を一つ損ねた。おまけにその仮の婚約のことでリンゼイを傷つけた。よって罰《ペナルティ》だレナルド。正式に婚約をし、結婚するまで一切リンゼイに邪《よこしま》な意図で触れることは許さない。その結婚も、名づけ親で後見人でもある私がいいというまで許可はしないからな」

「な、何ですって!?」

レナルドは血相を変えた。そんな彼に国王は意地の悪い笑みを浮かべる。

「せいぜい禁欲して、私とリンゼイに誠意を見せるんだな、レナルド」

「ちょ、ちょっと待ってよ、そんなのあるか！」

そんなやり取りと、その二人の間でオロオロしているリンゼイを眺めて、宰相は淡々と言った。

「相変わらず陛下に対して口のきき方がなってない奴だ。これも減点だな、レナルド・クラウザー」

「どうやら大団円はもう少し先のようですね。ルド、頑張ってくださいね」

ジェイラントの応援とも野次ともとれる言葉が、執務室の中に明るく響いた。


――それからリンゼイと結婚するまで、レナルドはかなり苦労したらしい。

レナルドを気に入っているリンゼイの父親の許可は拍子抜けするほど簡単にもらえたのだが、名づけ親の方は宣言どおり簡単にはいかなかった。けれど、リンゼイ自身の懇願もあって何とか許可をもらい、二人が結婚した時にはトルーマン伯爵の名で花嫁宛てにとても美しい装飾の机が贈られてきた。リンゼイは感激したが、レナルドはその結婚に至るまでのアレコレや禁欲生活を強いられたこともあり、国王にはかなり思うところがあるようだ。


「なんで夫であるアタシより先に本の見本を館長に見せるのかしら、リンゼイ？」

笑顔を向けながらレナルドは椅子から立ち上がり、机を回ってリンゼイの前に立つ。どことなく剣呑《けんのん》な雰囲気を漂わせる夫の様子に、リンゼイは思わず一歩下がった。けれど逃げ出すには遅かったようだ。あっという間に伸びてきた手に捕まり抱き上げられてしまう。

「レナルドさん！　ちょ、ちょっと！」

抗議の声をよそに、レナルドはリンゼイを抱えたまま扉の方に向かう。

「あんたときたら夫よりも先に名づけ親に本は見せるし、いつまで経っても『さん』づけはやめないときた」

わよね」

「おまけにアタシがダメだって言ったのに、ジョスラン・シューの様子を見に行っていた

「そ、それは……」

「……それは、その……気になったから」

あの事件のあと、ジョスランはアリスのことや自分の名前が入った特別御用品が犯罪に利用されていたことを知らされて愕然となった。彼は自分の足下で行われていたことにまったく気づいていなかったのだ。それも事業拡大を進めるために、やるべきことをやらずに人任せにしていたことと、成功に酔い傲慢《ごうまん》になって人の気持ちに鈍感になっていたからだ。

ジョスランは支部長を降り、再び実務に就くことになったリンゼイの父親の下で一からやり直すことになった。最初は責任を取って会社を辞めるつもりだったらしいが、それはリンゼイの父が許さなかったようだ。

様子が気になってこっそり見に行ったリンゼイは、そこで憑《つ》き物が落ちたように働く、彼女がよく知る以前のようなジョスランの姿を見つけホッと安堵した。もし彼が再び出世してもおそらく同じ過ちを犯すことはないだろう。ベイントン商会は両親たちのもと、ますます栄えていくに違いない。

アリスや窃盗団も投獄され、二度とリンゼイや商会を脅かすことはないという。リンゼイはそれを聞いて安堵したが、その一方でアリスに対して複雑な思いを抱いていた。自分

に向ける笑顔の下ではずっと憎まれていたのだと思うと今でも辛くなるし、二度と顔を合わせたいとは思わない。けれど、なぜかリンゼイは彼女を憎めなかった。……もし立場が違えばあんな風になっていたのはリンゼイだったかもしれない。そう思うからだろうか？

レナルドにその気持ちを伝えたところ、なぜか彼は苦笑して言うのだった。

『……あんたはきっとそう言うだろうと思ったわ。憎んだ方が気持ちも楽になるでしょうに、難儀な子ね。でもそういう所も気に入っているのよね』

そのレナルドは意外に嫉妬深く、ジョスランの様子をこっそり見るだけでも嫌だったようだ。その夜、お仕置きと称して散々喘がされたことを思い出すだけで顔が赤くなってしまう。

「もっと言い聞かせなきゃダメなようね……あんたはアタシのものだってことを」

ペロリと唇を舐めるその妖艶なしぐさに心臓が跳ねる。彼が今からどこへ向かうかは火を見るより明らかだ。応えるようにリンゼイの身体の芯にも火が点ったが、彼女は慌ててそれを打ち消した。

「い、今はまだ昼間です……！」

だが結婚するまで禁欲生活を強いられたレナルドはその反動か、結婚後は毎晩激しく責めたてるくせに、それ以外にも頻繁にリンゼイをベッドに連れ込もうとするのだ。

「夫婦に昼も夜もないわよ」

「そんなのウソです！」

「アデリシアに聞いてごらんなさいよ。あそこの夫婦は一日中イチャついてるじゃないの」

「あそこは特殊なんです！」

「じゃあ、アタシたちも特殊ということでいいじゃない」

「よ、よくありません！」

先ほどまでの不機嫌も、リンゼイをベッドへ連れて行くという考えのおかげですっかり消えたらしい。どこか楽しげにリンゼイと言葉の応酬を交わしながら執務室を出ようとする。慌てたのはリンゼイだ。このままでは使用人に目撃され、また生温かい目で見送られてしまう！　何とか気を逸らすものはないだろうか。

その時急いで帰宅した理由を思い出し、リンゼイはレナルドの胸をぐいっと押した。

「そうだ、レイチェルに聞きましたよ！　レイチェルは初めから私とあなたの婚約がお芝居だってこと知っていたんじゃありませんか！」

レナルドの足がピタッと止まった。その顔が一瞬「しまった」とばかりに顰められたのをリンゼイは見逃さなかった。

『結婚したのだから、もう言っちゃっていいわよね』

そう前置きしてレイチェルは白状したのだ。

「レイチェルのことは全部本当だって言っていたのに！　自分を結婚させたいのなら口裏を合わせろって彼女に言ったんですって？」

レイチェルがレナルドが相手を見つけなければ自分はまだ結婚しないと言ったのは本当のことだ。だがもちろん本気ではなく、偽の婚約者を仕立て上げる必要などなかった。レナルドはリンゼイと取引をするために、レイチェルにお芝居に騙されている振りをさせていたのだ。それもこれもすべてベイントン商会のことでリンゼイと婚約したように見せかける必要があったからだろう。傷ついたあの時のことを思い出して口を引き結んでいると、レナルドがため息をつきながら言った。

「何を考えているかだいたい分かるけど、レイチェルのことにベイントン商会のことは関係ないわよ。アタシがあの子に言ったのは、あんたとは本当に結婚するつもりでいる、だからこのお芝居を本当にするために協力しなさいっていうことだけ」

「え？」

「アタシはね、最初からあんたと結婚するつもりだったのよ。ベイントン商会のことがあったからお芝居なんていう回りくどいやり方になったけど、初めから決めてた。本屋で出会ったあんたがリンゼイ・ベイントンだと知った瞬間からね」

それからレナルドはリンゼイの耳に唇を寄せて囁いた。

「言っただろう？　あんたのその目に心を奪われたって。絶対あんたを手に入れようと決めたって。あの時からあんたは俺のものになる運命だったんだよ」

リンゼイは頬を真っ赤に染め、こんな時に男言葉になるなんてズルいと思った。主にベッドの中で使われることが多いからだろうか、リンゼイは妙に彼の男言葉に弱い。聞くだけで身体の芯が熱くなり、力が抜けてしまうのだ。そしてレナルドもそのことをよく分かっている。

「ズルい……」

そう呟きながらもリンゼイはレナルドの首筋に顔をうずめる。結局はリンゼイ自身が彼の腕の中にいることを望んでいるのだ。勝ち目などあるわけがない。

「いい子だ」

レナルドはその頭のてっぺんにキスを落として再び歩き出す。けれど、ふと足を止めると艶やかな笑みを浮かべて言った。

「ねぇ、リンゼイ。秘密の取引は終わったけど、あんたにはまだまだレッスンが必要よ。だからアタシと取引しない？」

「……取引？」

「そう、あんたにもっともっと男というものを、本当の男女の関係がどういうものかを教えてあげる」

それはいつかどこかで聞いた言葉だった。リンゼイは顔を上げ、レナルドに問う。

「……取引の条件は？」

ますます笑みを深くしてレナルドが告げた。

「アタシはあんたを愛し、あんたもアタシを愛すること。死ぬまで添い遂げること。それが条件よ。どう？　取引に応じる？」

リンゼイはレナルドの首に手を回し、彼に力いっぱい抱きつきながら満面の笑みを浮かべた。

「応じるわ。レナルド・クラウザーさん」

それから二人は取引を遂行するために、寝室に消えていった。

あとがき

初めましての方も再びの方もこんにちは。拙作を手にとっていただいてありがとうございます。

今回の話は第一作目『侯爵様と私の攻防』のスピンオフに当たります。内容も一作目の雰囲気に合わせて、明るく、これぞ大団円という話に仕上がっているかと思います。

が、レナルドは前回でキャラをきっちり決めてしまっていたため、あまり歪ませることができず、それどころかいい人過ぎてソーニャとしては異色のヒーローになってしまいました。まぁ、アレなヒーローなので元々異色ではあるんですが……。そのせいかとても難産でして、方々にご迷惑をおかけしました。（特に編集のＹ様。いつもいつもすみません。そしてありがとうございます）

イラストのうさ銀太郎《ぎんたろう》様。今度も素敵で美麗なイラストありがとうございました！　思えば第一作目にいただいた美麗なレナルドのラフを見て、彼の話を、ということになったのでした。この話はうさ様がいなければ出なかったと思います。本当にありがとうございました！

それではいつかまたお目にかかれることを願って。

富樫聖夜

この本を読んでのご意見・ご感想をお待ちしております。

◆ あて先 ◆

〒101-0051
東京都千代田区神田神保町2-4-7 久月神田ビル7階
㈱イースト・プレス　ソーニャ文庫編集部
富樫聖夜先生／うさ銀太郎先生

秘密《ひみつ》の取引《とりひき》

2014年2月4日　第1刷発行

著　者　富樫聖夜《とがしせいや》
イラスト　うさ銀太郎《ぎんたろう》
装　丁　imagejack.inc
DTP　松井和彌
編　集　安本千恵子
営　業　雨宮吉雄、明田陽子
発行人　堅田浩二
発行所　株式会社イースト・プレス
〒101-0051
東京都千代田区神田神保町2-4-7 久月神田ビル8階
TEL 03-5213-4700　FAX 03-5213-4701
印刷所　中央精版印刷株式会社

ISBN 978-4-7816-9523-5
定価はカバーに表示してあります。

Sonya ソーニャ文庫の本

なんで、夜這いしてるんですか!?

姉の誕生パーティの夜、とつぜん夜這いをされた伯爵令嬢のアデリシア。
相手はなんと、容姿端麗、文武両道、浮名の絶えない若き侯爵ジェイラント!?
彼の執拗なアプローチにアデリシアは翻弄されて……。

『侯爵様と私の攻防』 富樫聖夜

イラスト うさ銀太郎

Sonya ソーニャ文庫の本

『償いの調べ』　富樫聖夜

イラスト　うさ銀太郎